AF460405

VII. Part.

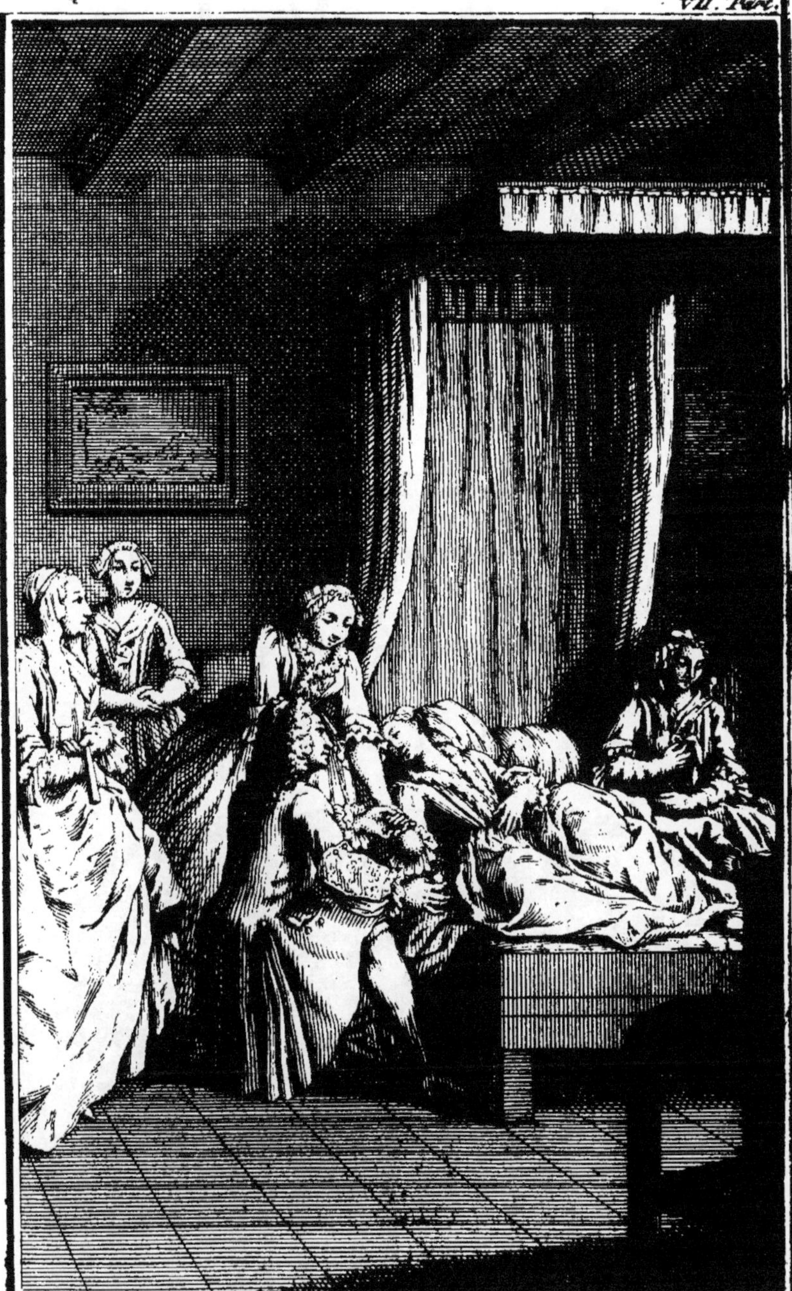

J. V. Schley fecit 1737.

LA VIE DE MARIANNE, OU LES AVANTURES DE MADAME LA COMTESSE DE***.

Par Monsieur DE MARIVAUX.

SEPTIEME PARTIE.

A LA HAYE,
Chez JEAN NEAULME,
M. DCC. XXXVII.

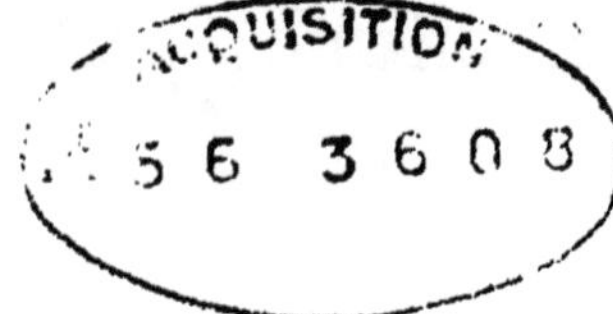

LA VIE DE MARIANNE,

OU LES AVANTURES DE MADAME LA COMTESSE DE ***

Septieme Partie.

SOuvenez-vous-en, Madame, la deuxieme Partie de mon Histoire fut si longtems à venir, que vous fûtes persuadée qu'elle ne viendroit jamais. La troisieme se fit beaucoup attendre; vous doutiez que je vous l'envoyasse. La quatrieme vint assez tard; mais vous l'attendiez, en m'appellant une paresseuse. Quant à la

 cin-

cinquieme, vous n'y comptiez pas ſi tôt lorſqu'elle arriva. La ſixieme eſt venuë ſi vîte, qu'elle vous a ſurpriſe; peut-être ne l'avez-vous lûë qu'à moitié, & voici la ſeptieme.

Oh! je vous prie, ſur tout cela, comment me définirez-vous? Suis-je pareſſeuſe? Ma diligence vous montre le contraire. Suis-je diligente? Ma pareſſe paſſée m'a promis que non. Que ſuis-je donc à cet égard? Eh mais! Je ſuis ce que vous voyez, ce que vous êtes peut-être, ce qu'en général nous ſommes tous; ce que mon humeur & ma fantaiſie me rendent, tantôt digne de loüange, & tantôt de blâme, ſur la même choſe: n'eſt-ce pas-là tout le monde?

J'ai vû dans une infinité de gens des défauts & des qualités, ſur leſquels je me fiois, & qui m'ont trompée: j'avois droit de croire ces gens-là généreux, & ils ſe trouvoient meſquins; je les croyois meſquins, & ils ſe trouvoient généreux. Autrefois, vous ne pouviez pas ſouffrir un Livre; aujourd'hui, vous ne faites que lire: peut-être que bien-tôt vous laiſſerez-là la lecture, & peut-être redeviendrai-je pareſſeuſe.

A tout hazard, pourſuivons notre Hiſtoire. Nous en ſommes à l'apparition ſubite & inopinée de Madame de Miran & de Valville.

On n'avoit point ſoupçonné qu'ils viendroient ; de ſorte qu'il n'y avoit aucun ordre donné en ce cas-là.

La ſeule attention qu'on avoit eûë, c'étoit de finir mon affaire dans la matinée, & de prendre le tems le moins ſujet aux viſites.

D'ailleurs, on s'étoit imaginé, que Madame de Miran ne ſçauroit à qui s'adreſſer, pour apprendre ce que j'étois devenuë; qu'elle ignoreroit, que le Miniſtre eût eu part à mon Avanture. Mais, vous vous rappellez bien la viſite, que j'avois reçuë, il n'y avoit que deux ou trois jours, d'une certaine Dame maigre, longue, & menuë : vous ſçavez auſſi, que j'en avois ſur le champ informé Madame de Miran; que je lui avois fait un portrait de la Dame; & qu'elle m'avoit écrit, qu'à ce portrait, elle reconnoiſſoit le ſpectre en queſtion.

Et ce fut juſtement cela, qui fit que ma Mere ſe douta des auteurs de mon enlevement : ce fut ce qui la guida dans la recherche qu'elle fit de ſa fille.

Il falloit bien que mon Hiſtoire eût percé. Madame de Fare avoit infailliblement parlé : cette Dame longue & maigre avoit été inſtruite. Elle étoit méchante & glorieuſe : le diſcours, qu'elle m'avoit tenu au Couvent, marquoit de mauvaiſes intentions. C'étoit elle apparemment, qui avoit ameuté les Parens, qui les avoit engagés à ſe remuer, pour ſe garantir de l'affront que Madame de Miran alloit leur faire, en me mettant dans la famille; & ma diſparition ne pouvoit être que l'effet d'une intrigue liée entre eux.

Mais, m'avoient-ils enlevée de leur chef ? Car, ils pouvoient n'y avoir employé que de l'adreſſe. Leur complot n'étoit-il pas autoriſé ? Avoient-ils agi ſans pouvoir ?

Un caroſſe m'étoit venu prendre : quelle livrée avoit le Cocher ? Cette femme, qui s'étoit dite envoyée par ma Mere pour me tirer du Couvent, quelle étoit ſa figure ? Madame de Miran, & ſon fils, s'informent de tout, font d'exactes perquiſitions.

La Tourriere du Couvent avoit vû le Cocher ; elle ſe reſſouvenoit de la livrée : elle avoit vû la femme en queſtion, & en avoit retenu les traits, qui étoient

étoient aſſez remarquables. C'étoit un viſage un peu large & très-brun, la bouche grande, & le nez long : voilà qui étoit fort reconnoiſſable. Auſſi ma Mere & ſon fils la reconnurent-ils pour l'avoir vûë chez Madame de..... Femme du Miniſtre, & leur Parente : c'étoit une de ſes femmes.

A l'égard de la livrée du Cocher, il s'agiſſoit d'un galon jaune ſur un drap brun; ce qui leur indiquoit celle d'un Magiſtrat, Couſin de ma Mere, & avec qui ils ſe trouvoient tous les jours.

Et qu'eſt-ce que cela concluoit? Non ſeulement que la famille avoit agi là-dedans, mais que le Miniſtre même l'appuyoit, puiſque Madame de..... avoit chargé une de ſes femmes de me venir prendre : c'étoit une conſequence toute naturelle.

Toutes ces inſtructions-là, au reſte, ils ne les reçurent que le lendemain de mon enlevement : non pas que Madame de Miran ne fût venuë la veille après midi, comme vous ſçavez qu'elle me l'avoit écrit; mais, c'eſt que lorſqu'elle vint, la Tourriere, qui étoit la ſeule de qui elle pût tirer quelques lumieres, étoit abſente pour différentes commiſſions de la Maiſon : de façon qu'il fallut revenir le lendemain matin pour lui parler. Ce ne fut même qu'assez tard : il étoit près de midi quand ils arriverent ; ma Mere, qui ne se portoit pas bien, n'avoit pû sortir de chez elle de meilleure heure.

Mon enlevement l'avoit pénetrée de douleur & d'inquiétude. C'étoit comme une mere qui auroit perdu sa fille, ni plus ni moins : c'est ainsi que me le conterent les Religieuses de mon Couvent, & la Tourriere.

Elle se trouva mal au moment qu'elle apprit ce qui m'étoit arrivé : il fallut la secourir ; elle ne cessa de pleurer.

Je vous avoue que je l'aime, disoit-elle, en parlant de moi à l'Abbesse, qui me le répeta : je m'y suis attachée, Madame ; & il n'y a pas moyen de faire autrement avec elle. C'est un cœur, c'est une ame, une façon de penser, qui vous étonneroit. Vous sçavez qu'elle ne possede rien ; & vous ne sçauriez croire combien je l'ai trouvée noble, généreuse, & desintéressée, cette chere enfant : cela passe l'imagination ; & je l'estime encore plus que je ne l'aime. J'ai vû d'elle des traits de caractère, qui m'ont touchée jus-

jusqu'au fond du cœur. Imaginez-vous que c'est moi, que c'est ma personne, qu'elle aime, & non pas les secours que je lui donne. Est-ce que cela n'est pas admirable dans la situation où elle est? Je crois qu'elle mourroit plutôt, que de me déplaire : elle pousse cela jusqu'au scrupule ; & si je cessois de l'aimer, elle n'auroit plus le courage de rien recevoir de moi. Ce que je vous dis est vrai, & cependant je la perds ; car, comment la retrouver? Qu'est-ce que mes indignes Parens en ont fait? Où l'ont-ils mise?

Mais, Madame, pourquoi vous l'enleveroient-ils? lui répondoit l'Abbesse. D'où vient qu'ils seroient fâchés de vos bontés, de votre charité, pour elle? Quel intérêt ont-ils d'y mettre obstacle?

Hélas! Madame, lui disoit-elle, c'est que mon fils n'a pas eu l'orgueil de la mépriser ; c'est qu'il a eu assez de raison pour lui rendre justice, & le cœur assez bien fait pour sentir ce qu'elle vaut ; c'est qu'ils ont craint qu'il ne l'aimât trop, que je ne l'aimasse trop moi-même, & que je ne consentisse à l'amour de mon fils, qui la connoît. De vous dire, comment, & où, il l'a vûë, nous n'avons pas le tems; mais, voilà la ſource de la perſécution qu'elle éprouve d'eux. Un malheureux évenement les a inſtruits de tout; & cela, par l'indiſcrétion d'une de mes Parentes, qui eſt la plus ſotte femme du monde, & qui n'a pû retenir ſa miſerable fureur de parler. Ils n'ont pas tout le tort, au reſte, de ſe méfier de ma tendreſſe pour elle: il n'y a point d'homme de bon-ſens, à qui je ne cruſſe donner un tréſor, ſi je le mariois avec cette petite fille-là.

Eh voyez que d'amour! Jugez-en par la franchiſe avec laquelle elle parloit. Elle diſoit tout, elle ne cachoit plus rien; & elle, qui avoit exigé de nous tant de circonſpection, tant de diſcrétion, & tant de prudence, la voilà, qui, à force de tendreſſe & de ſenſibilité pour moi, oublie elle-même de ſe taire, & eſt la prémiere à réveler notre ſecret: tout lui échape dans le trouble de ſon cœur. O! trouble aimable! Que tout mon amour pour elle, quelque prodigieux qu'il ait été, n'a jamais pû payer, & dont le reſſouvenir m'arrache actuellement des larmes. Oui, Madame, j'en pleure encore. Ah! mon Dieu, que mon ame

ame avoit d'obligations à la ſienne!

Hélas! cette chere Mere, cette ame admirable, elle n'eſt plus pour moi, & notre tendreſſe ne vit plus que dans mon cœur.

Paſſons là-deſſus; je m'y arrête trop; j'en perds de vûë Valville, dont Madame de Miran avoit encore à ſoutenir le deſeſpoir, & à qui, dans l'accablement où il ſe trouvoit, elle avoit défendu de paroître; de ſorte qu'il s'étoit tenu dans le Caroſſe pendant qu'elle interrogeoit la Tourriere: &, ſur ce qu'elle en apprit, toute languiſſante & toute indiſpoſée qu'elle étoit, elle courut chez le Miniſtre; perſuadée, que c'étoit-là qu'il falloit aller, pour ſçavoir de mes nouvelles, & pour me retrouver.

De toutes les perſonnes de la famille, celle, avec laquelle elle étoit le plus liée, & qu'elle aimoit le plus, c'étoit Madame de... femme du Miniſtre, qui l'aimoit beaucoup auſſi: &, quoiqu'il fût certain, que cette Dame ſe fût prêtée au complot de la famille, ma Mere ne douta point qu'elle n'eût eu beaucoup de peine à s'y réſoudre, & ſe promit bien de la ranger de ſon parti dès qu'elle lui auroit parlé.

Et

Et elle avoit raiſon d'avoir cette opinion-là d'elle : ce fut elle en effet, qui refuſa de ſoutenir l'entrepriſe, & qui, comme vous l'allez voir, parut opiner qu'on me laiſſât en repos.

Voici donc Madame de Miran & Valville qui entrent tout d'un coup dans la chambre où nous étions. C'étoit Madame de..., & non pas le Miniſtre, que ma mere avoit demandé d'abord : & les gens de la maiſon, qu'on n'avoit avertis de rien, & qui ignoroient de quoi il étoit queſtion dans cette chambre, laiſſerent paſſer ma Mere & ſon fils, & leur ouvrirent tout de ſuite.

Dès qu'ils me virent tous deux (je vous l'ai déja dit, je penſe) ils s'écrierent ; l'une, Ah ! ma fille, tu ès ici ; l'autre, Ah ! ma Mere, c'eſt elle même !

Le Miniſtre, à la vûë de Madame de Miran, ſoûrit d'un air affable, & pourtant ne put ſe deffendre, ce me ſemble, d'être un peu déconcerté : c'eſt qu'il étoit bon, & qu'on lui avoit dit combien elle aimoit cette petite fille. A l'égard des parens, ils la ſaluerent d'un air extrêmement ſérieux, jetterent ſur elle un regard froid &

critique, & puis détournerent les yeux.

Valville les dévoroit des ſiens; mais, il avoit ordre de ſe taire: ma Mere ne l'avoit mené qu'à cette condition-là. Tout le reſte de la compagnie parut attentif & curieux: la ſituation promettoit quelque choſe d'intéreſſant.

Ce fut Madame de..., qui rompit le ſilence. Bonjour, Madame, dit-elle à ma Mere. Franchement, on ne vous attendoit pas; & j'ai bien peur que vous n'alliez être fâchée contre moi.

Eh! d'où vient, Madame, le ſeroit-elle? ajouta tout de ſuite cette parente longue & maigre; (car, je ne me reſſouviens point de ſon nom, & n'ai retenu d'elle que la ſingularité de ſa figure.) D'où vient le ſeroit-elle, ajoûta-t-elle, dis-je, d'un ton aigre & auſſi revêche que ſa phiſionomie? Eſt-ce qu'on deſoblige Madame, quand on lui rend ſervice, & qu'on lui ſauve les reproches de toute ſa famille?

Vous êtes la maîtreſſe de penſer de mes actions ce qui vous plait, Madame, lui répondit d'un air indifférent Madame de Miran; mais, je ne les réformerai point ſur le jugement que vous en ferez: nous ſommes d'un caractèraċtère trop différent, pour être jamais du même avis. Je n'approuve pas plus vos ſentimens, que vous approuvez les miens; & je ne vous en dis rien: faites de même à mon égard.

Valville étoit rouge comme du feu; il avoit les yeux étincelans: je voyois à ſa reſpiration précipitée, qu'il avoit peine à ſe contenir, & que le cœur lui battoit.

Monſieur, continua Madame de Miran en adreſſant la parole au Miniſtre, c'étoit Madame de..., que je venois voir; & voici l'objet de la viſite que je lui rendois ce matin, ajoûta-t-elle, en me montrant. J'ai ſçu, qu'une des femmes de Madame l'étoit venuë prendre ſous mon nom au Couvent où je l'avois miſe: & j'eſpérois qu'elle me diroit ce que cela ſignifie; car, je n'y comprens rien. A-t-on voulu ſe divertir à m'inquiéter? Quelle peut avoir été l'intention de ceux qui ont imaginé de me ſouſtraire cette jeune enfant, à qui je m'intéreſſe? Ce projet-là ne vient pas de Madame, j'en ſuis ſûre: je ne la confonds point du tout avec les gens qui ont tout au plus gagné ſur elle qu'elle s'y prêtât. Je ne m'en prens point à vous non plus, Monſieur: on on vous a gagné auſſi ; & voilà tout. Mais, de quel prétexte s'eſt-on ſervi? Sur quoi a-t-on pû fonder une Entrepriſe auſſi bizarre? De quoi Mademoiſelle eſt-elle coupable?

Mademoiſelle! s'écria encore là-deſſus, d'un air railleur, cette parente ſans nom. Mademoiſelle! Il me ſemble avoir entendu dire, qu'elle s'appelloit Marianne, ou bien qu'elle s'appelle comme on veut; car, comme on ne ſçait d'où elle ſort, on n'eſt ſûr de rien avec elle, à moins qu'on ne devine. Mais, c'eſt peut-être une petite galanterie que vous lui faites, à cauſe qu'elle eſt paſſablement gentille.

Valville, à ce diſcours, ne put ſe retenir, & la regarda avec un ris amer & mocqueur qu'elle ſentit.

Mon petit couſin, lui dit-elle, ce que je dis-là ne vous plaît pas; nous le ſçavons: mais, vous pourriez-vous diſpenſer d'en rire. Hé! ſi je le trouve plaiſant, ma grande couſine, pourquoi n'en rirois-je pas? répondit-il.

Taiſez-vous, mon fils, lui dit auſſitôt, Madame de Miran. Pour vous, Madame, laiſſez-moi, je vous prie, parler à ma façon, & comme je crois qu'il convient. Si Mademoiſelle avoit affaire à vous, vous ſeriez la maîtreſſe de l'appeller comme il vous plairoit. Quant à moi, je ſuis bien aiſe de l'appeller Mademoiſelle. Je dirai pourtant Marianne, quand je voudrai; & cela, ſans conſequence, ſans bleſſer les égards que je crois lui devoir. Le ſoin, que je prens d'elle, me donne des droits que vous n'avez pas; mais, ce ne ſera jamais que dans ce ſens-là, que je la traiterai auſſi familiérement que vous le faites, & que vous vous figurez qu'il vous eſt permis de le faire. Chacun a ſa manière de penſer; & ce n'eſt pas-là la mienne. Je n'abuſerai jamais du malheur de perſonne. Dieu nous a caché ce qu'elle eſt; je ne déciderai point: je vois bien qu'elle eſt à plaindre; mais, je ne vois pas pourquoi on l'humilieroit. L'un n'entraîne pas l'autre: au contraire, la raiſon & l'humanité, ſans compter la religion, nous portent à ménager les perſonnes qui ſont dans le cas où celle-ci ſe trouve. Il nous répugne de profiter contre elles de l'abaiſſement où le ſort les a jettées: les airs de mépris ont mauvaiſe grace avec elles, & leur infortune leur tient lieu de rang auprès des cœurs bien

bien faits ; principalement quand il s'agit d'une fille comme Mademoiselle, & d'un malheur pareil au sien. Car enfin, Madame, puisque vous êtes instruite de ce qui lui est arrivé, vous sçavez donc qu'on a des indices presque certains, que son pere & sa mere, qui furent tuez en voyage, lorsqu'elle n'avoit que deux ou trois ans, étoient des Etrangers de la prémiere distinction : ce fut-là l'opinion qu'on eut d'eux dans le tems. Vous sçavez, qu'ils avoient avec eux deux Laquais & une Femme-de-Chambre, qui furent tuez aussi avec le reste de l'équipage : que Mademoiselle, dont la petite parure marquoit une enfant de condition, ressembloit à la Dame assassinée : qu'on ne douta point qu'elle ne fût sa fille : & que tout ce que je dis-là est certifié par une personne vertueuse, qui se chargea d'elle alors, qui l'a élevée, qui a confié les mêmes circonstances en mourant à un saint Religieux nommé le Pere S. Vincent, que je connois, & qui de son côté le dira à tout le monde.

A cet endroit de son récit, les indifférens de la compagnie, je veux dire, ceux qui n'étoient point de la famille, parurent s'attendrir ſur moi; quelques parens même des moins obſtinez, & ſur-tout Madame de..., en furent touchez: il ſe fit un petit murmure, qui m'étoit favorable.

Ainſi, Madame, ajoûta Madame de Miran, ſans s'interrompre, vous voyez bien, que tous les préjugez ſont pour elle, que voilà de reſte de quoi juſtifier le titre de Mademoiſelle, que je lui donne, & que je ne ſçaurois lui refuſer ſans riſquer d'en agir mal avec elle. Il n'eſt donc point ici queſtion de galanterie, mais d'une juſtice, que tout veut que je lui rende; à moins que d'ajoûter des injures à celles que le hazard lui a déja faites, & que vous ne me conſeilleriez pas vous-même: ce qui ſeroit en effet inexcuſable, barbare, & d'un orgueil pitoyable, vous en conviendrez; ſur-tout, je vous le répete encore, avec une jeune perſonne du caractère dont elle eſt. Je ſuis fâchée qu'elle ſoit préſente; mais, vous me forcez de vous dire, que ſa figure, qui vous paroît jolie, eſt en vérité ce qui la diſtingue le moins: & je puis vous aſſurer, que par ſon bon eſprit, par les qualitez de l'ame, & par la nobleſſe des procédez, elle eſt Demoimoiſelle autant qu'aucune fille, de quelque rang qu'elle ſoit, puiſſe l'etre. Oh, vous m'avouerez que cela impoſe: du moins, c'eſt ainſi que j'en juge. Et ce que je vous dis-là, elle ne le doit, ni à l'uſage du monde, ni à l'éducation qu'elle a euë, & qui a été fort ſimple: il faut que cela ſoit dans le ſang; & voilà, à mon gré, l'eſſentiel.

Oh! ſans doute, (ajouta Valville, qui gliſſa tout doucement ce peu de mots,) ſans doute: & ſi, dans le monde, on s'étoit aviſé de ne donner les titres de Madame ou de Mademoiſelle qu'au mérite de l'eſprit & du cœur, ah! qu'il y auroit de Madames ou de Mademoiſelles, qui ne ſeroient plus que des Manons & des Cataus; mais, heureuſement, on n'a tué, ni leur pere, ni leur mere, & on ſçait qui elles ſont.

Là-deſſus, on ne put s'empêcher de rire un peu. Mon fils, encore une fois, je vous défens de parler, lui dit aſſez vivement Madame de Miran.

Quoi qu'il en ſoit, contitua-t-elle enſuite, je la protege, je lui ai fait du bien, j'ai deſſein de lui en faire encore, elle a beſoin que je lui en faſſe,

& il n'y a point d'honnêtes-gens, qui n'enviaſſent le plaiſir que j'y ai, qui ne vouluſſent ſe mettre à ma place. C'eſt de toutes les actions la plus loüable que je puiſſe faire: il ſeroit honteux d'y trouver à redire; à moins que ce ne ſoit offenſer l'état, que de s'intéreſſer, quand on eſt riche, à la perſonne la plus digne qu'on la venge de ſes malheurs. Voilà tout mon crime: &, en attendant qu'on me prouve que c'en eſt un, je viens, Monſieur, vous demander raiſon de la hardieſſe qu'on a euë à mon égard, & de la ſurpriſe qu'on a faite à vous-même, auſſi-bien qu'à Madame; je viens chercher une fille que j'aime, & que vous aimeriez autant que moi, ſi vous la connoiſſiez, Monſieur.

Elle s'arrêta-là. Tout le monde ſe tût; & moi je pleurois, en jettant ſur elle des regards qui témoignoient les mouvemens dont j'étois ſaiſie pour elle, & qui émeurent tous les Aſſiſtans. Il n'y eut que cette inéxorable parente, que je n'ai point nommée, qui ne ſe rendit point, & dont l'air paroiſſoit toujours auſſi ſec & auſſi révolté qu'il l'avoit été d'abord.

Aimez-la, Madame, aimez-la: qui eſt-

eſt-ce qui vous en empêche, dit-elle, en ſecouant la tête. Mais, n'oubliez pas, que vous avez des Parens & des Alliez, qui ne doivent point en ſouffrir, & que du moins il n'y aille rien du leur : c'eſt tout ce qu'on vous demande.

Hé ! Vous n'y ſongez pas, Madame, vous n'y ſongez pas, reprit ma Mere : ce n'eſt, ni à vous, ni à perſonne, à régler mes ſentimens là-deſſus. Je ne ſuis, ni ſous votre tutelle, ni ſous la leur. Je leur laiſſe volontiers le droit de conſeil avec moi, mais non pas celui de réprimande. C'eſt vous qui les faites agir & parler, Madame ; & je ſuis perſuadée, qu'aucun d'eux n'avoueroit ce que vous leur faites dire à tous.

Vous m'excuſerez, Madame, vous m'excuſerez, s'écria la Harpie : nous n'ignorons pas vos deſſeins ; & ils nous choquent tous auſſi. En un mot, votre Fils aime trop cette petite Fille ; &, qui pis eſt, vous le permettez.

Et ſi en effet je le lui permets, qui eſt-ce qui pourra le lui défendre ? Quel compte aura-t-il à rendre aux autres ? repartit froidement Madame de Miran. Vous dirai-je encore plus ? C'eſt que j'aurois fort mauvaiſe opinion de mon fils, c'eſt que je ferois très-peu de cas de ſon caractère, ſi lui-même n'en faiſoit pas beaucoup de cette petite fille, pour parler comme vous, que je ne tiens pourtant pas pour ſi petite, & qui ne ſera telle que pour ceux qui n'auront peut-être que leur orgueil au-deſſus d'elle.

A ce dernier mot, le Miniſtre, qui avoit écouté tout le Dialogue, toûjours ſouriant, & les yeux baiſſez, prit ſur le champ la parole, pour empêcher les repliques.

Oui, Madame, vous avez raiſon, dit-il à Madame de Miran; on ne ſçauroit qu'approuver les bontez que vous avez pour cette belle enfant. Vous êtes généreuſe: cela eſt reſpectable; & les malheurs, qu'elle a eſſuyez, ſont dignes de votre attention. Sa phyſionomie ne dément point non plus les vertus, & les qualitez que vous lui trouvez: elle a tout l'air de les avoir; & ce n'eſt, ni le ſoin que vous prenez d'elle, ni la bienveillance que vous avez pour elle, qui nous allarment. Je prétens moi-même avoir part au bien que vous voulez lui faire. La ſeule choſe, qui nous in-

inquiete, c'eſt qu'on dit que Monſieur de Valville a non ſeulement beaucoup d'eſtime pour elle, ce qui eſt très-juſte, mais encore beaucoup de tendreſſe, ce que la jeune perſonne, faite comme elle eſt, rend très-vraiſemblable. En un mot, on parle d'un mariage qui eſt réſolu, & auquel vous conſentez, dit-on, par la force de l'attachement que vous avez pour elle: & voilà ce qui intrigue la famille.

Et je penſe que cette famille a droit de s'en intriguer, dit tout de Suite la parente Pigrieche. Madame, je n'ai pas tout dit: laiſſez-moi achever, je vous prie, lui repartit le Miniſtre, ſans hauſſer le ton, mais d'un air ſerieux; Madame vaut bien qu'on lui parle raiſon.

J'avoue, reprit-il, qu'il eſt probable ſur tout ce que vous nous rapportez, que la jeune enfant a de la naiſſance; mais, la cataſtrophe en queſtion a jetté là-deſſus une obſcurité, qui bleſſe, qu'on vous reprocheroit, & dont nos uſages ne veulent pas qu'on faſſe ſi peu de compte. Je ſuis totalement de votre avis, pourtant, ſur les égards que vous avez pour elle: ce ne ſera pas moi qui lui refuſerai le titre de Mademoiſelle ; & je crois avec vous, qu'on le doit même à la condition dont elle eſt. Mais, remarquez, que nous le croyons, vous & moi, par un ſentiment généreux, qui ne ſera peut-être avoué de perſonne; que du moins qui que ce ſoit n'eſt obligé d'avoir ; & dont peu de gens ſeront capables. C'eſt comme un préſent, que nous lui faiſons, & que les autres peuvent ſe diſpenſer de lui faire. Je dirai bien avec vous, qu'ils auront tort ; mais, ils ne le ſentiront point : ils vous répondront, qu'il n'y a rien d'établi en pareil cas, & vous n'aurez rien à leur répliquer, rien qui puiſſe vous juſtifier auprès d'eux, ſi vous portez la généroſité juſqu'à un certain excès, tel que le ſeroit le mariage dont le bruit court, & auquel je n'ajoute point de foi. Je ne doute pas même, que vous ne leviez volontiers tout ſoupçon ſur cet article ; & j'en ai trouvé un moyen qui eſt facile : j'ai imaginé de pourvoir avantageuſement Mademoiſelle, de la marier à un jeune homme, né de fort honnêtes gens, qui a déja quelque bien, dont j'augmenterai la fortune, & avec qui elle ſe verra dans une ſituation très-honorable. Je n'ai mê-

même envoyé chercher Mademoiſelle, que pour lui propoſer ce parti, qu'elle refuſe, tout honnête & tout avantageux qu'il eſt : de ſorte que, pour la déterminer, j'ai cru devoir uſer d'un peu de rigueur, d'autant plus qu'il y va de ſon bien. J'ai même été juſqu'à la menacer de l'éloigner de Paris. Cependant, ſon obſtination continue. Cela vous paroît-il raiſonnable ? Joignez-vous donc à moi, Madame : vos ſervices vous ont acquis de l'autorité ſur elle ; tâchez de la réſoudre, je vous prie. Voici le jeune homme en queſtion, ajoûta-t-il & il lui montroit Monſieur Villot, qui, quoiqu'aſſez bien fait, avoit alors, autant qu'on peut l'avoir, l'air d'un pauvre petit homme ſans conſéquence, dont le métier étoit de ramper & d'obéïr, à qui même il n'apartenoit pas d'avoir du cœur, & à qui on pouvoit dire, retirez-vous, ſans lui faire d'injure.

Voilà à quoi il reſſembloit en cet inſtant, avec ſa figure qui n'étoit qu'humble, & point honteuſe.

C'eſt un garçon fort doux, & de fort bonnes mœurs, reprit le Miniſtre en continuant, & qui vivra avec Madedemoiſelle, comme avec une perſonne à qui il devra la fortune que je lui promets à cauſe d'elle : c'eſt ce que je lui ai bien recommandé de ne jamais oublier.

Le fils du Nourricier de Madame ne répondit à cela, qu'en ſe proſternant, qu'en ſe courbant juſqu'à terre.

N'approuvez-vous pas ce que je fais-là, Madame? dit encore le Miniſtre à ma Mere, & n'êtes-vous pas contente? Elle reſtera à Paris, vous l'aimez, & vous ne la perdrez pas de vûë. Je m'y engage, & je ne l'entens pas autrement.

Là-deſſus, Madame de Miran jetta les yeux ſur Monſieur Villot, qui l'en remercia par une autre proſternation, quoique la façon dont on le regarda n'exigeât pas de reconnoiſſance.

Et puis ma Mere, ſecouant la tête, Cette union n'eſt gueres aſſortie, ce me ſemble, dit-elle, & j'ai peine à croire qu'elle ſoit du goût de Marianne. Monſieur, je me flatte, comme vous le dites, d'avoir quelque pouvoir ſur elle ; mais, je vous avoue, que je ne l'employerai pas dans cette occurrence-ci : ce ſeroit lui faire payer

trop

trop cher les ſervices que je lui ai rendus. Qu'elle décide, au reſte ; elle eſt la Maîtreſſe : voyez, Mademoiſelle, conſentez-vous à ce qu'on vous propoſe ?

Je me ſuis déja declarée, Madame, lui répondis-je d'un air triſte, reſpectueux, mais ferme : j'ai dit que j'aime mieux reſter comme je ſuis ; & je n'ai point changé d'avis. Mes malheurs ſont bien grands ; mais, ce qu'il y a encore de plus fâcheux pour moi, c'eſt que je ſuis née avec un cœur qu'il ne faudroit pas que j'euſſe, & qu'il m'eſt pourtant impoſſible de vaincre. Jamais, avec ce cœur-là, je ne pourrois aimer le jeune homme qu'on me préſente, jamais : je ſens, que je ne m'accoûtumerois pas à lui, que je le regarderois, comme un homme qui ne ſeroit pas fait pour moi. C'eſt une penſée, qui ne me quitteroit point : j'aurois beau la condamner, & me trouver ridicule de l'avoir, je l'aurois toûjours ; au moyen de quoi je ne pourrois le rendre heureux, ni être en repos moi-même : ſans compter, que je ne me pardonnerois pas la vie deſagréable, que meneroit avec moi un mari qui m'aimeroit peut-être, qui pourtant me ſe-

roit

roit inſupportable, & qui auroit eu tout l'amour d'une autre femme, ſi je n'avois pas été ſans néceſſité le charger de moi, & de mon antipathie. Ainſi, il ne faut pas parler de ce mariage, dont cependant je remercie Monſeigneur, qui a eu la bonté d'y penſer pour moi; mais, en vérité, il n'y a pas moyen.

Dites-nous donc quelle réſolution vous prenez, me répondit le Miniſtre: que voulez-vous devenir? Aimez-vous mieux être Religieuſe? On vous l'a déja propoſé, & vous choiſirez le Couvent qu'il vous plaira. Voyez, ſongez à quelque état qui vous tranquilliſe. Vous ne voulez pas ſouffrir qu'on chagrine plus long-tems Madame de Miran à cauſe de vous. Prenez un parti.

Non, Monſieur, dit mon Ennemie, non, rien ne lui convient. On l'aime, on l'épouſera, tout eſt d'accord, la petite perſonne n'en rabattra rien, à moins qu'on n'y mette ordre, elle eſt ſûre de ſon fait. Madame l'appelle déja ſa fille, à ce qu'on dit.

Le Miniſtre, à ce diſcours, fit un geſte d'impatience, qui la fit taire, & moi reprenant la parole: Vous vous trompez, Madame, lui dis-je, à l'égard

gard de la crainte qu'on a que Mr. de Valville ne m'aime trop, qu'il ne veuille m'épouser, & que Madame de Miran n'ait la complaisance de le vouloir bien aussi. On peut entierement se rassurer là-dessus. Il est vrai, que Madame de Miran a eu la bonté de me tenir lieu de mere, (je sanglottois en disant cela,) & que je suis obligée, sous peine d'être la plus ingrate créature du monde, de la chérir & de la respecter autant que la mere qui m'a donné la vie. Je lui dois la même soumission, la même vénération, & je pense quelquefois que je lui en dois bien davantage. Car enfin, je ne suis point sa fille, & cependant il est vrai, comme vous le dites, qu'elle m'a traitée comme si je l'avois été. Je ne lui suis rien : elle n'auroit eu aucun tort de me laisser dans l'état où j'étois, ou bien elle pouvoit se contenter en passant d'avoir pour moi une compassion ordinaire, & de me dire, je vous aimerai; mais, point du tout : c'est quelque chose d'incompréhensible, que ses bontez pour moi, que ses soins, que ses considérations. Je ne sçaurois y songer, je ne sçaurois la regarder elle-même, sans pleurer d'a

mour

mour & de reconnoiſſance, ſans lui dire dans mon cœur que ma vie eſt à elle, ſans ſouhaiter d'avoir mille vies pour les lui donner toutes, ſi elle en avoit beſoin pour ſauver la ſienne: & je rends grace à Dieu de ce que j'ai occaſion de dire cela publiquement; ce m'eſt une joye infinie, la plus grande que j'aurai jamais, que de pouvoir faire éclater les tranſports de tendreſſe, & tous les dévouemens, & toute l'admiration, que je ſens pour elle. Oui, Madame, je ne ſuis qu'une Etrangere, qu'une malheureuſe Orpheline, que Dieu, qui eſt le maître, a abandonnée à toutes les miſeres imaginables: mais, quand on viendroit m'apprendre que je ſuis la fille d'une Reine, quand j'aurois un Royaume pour héritage, je ne voudrois rien de tout cela, ſi je ne pouvois l'avoir qu'en me ſéparant de vous; je ne vivrois point, ſi je vous perdois: je n'aime que vous d'affection, je ne tiens ſur la terre qu'à vous, qui m'avez recueillie ſi charitablement, & qui avez la générosité de m'aimer tant, quoiqu'on tâche de vous en faire rougir, & quoique tout le monde me mépriſe.

Ici, à travers les larmes que je versois, j'apperçus plusieurs personnes de la compagnie, qui détournoient la téte, pour s'essuyer les yeux.

Le Ministre baissoit les siens, & vouloit cacher qu'il étoit émû. Valville restoit comme immobile, en me regardant d'un air passionné, & dans un parfait oubli de tout ce qui nous environnoit; & ma Mere laissoit bien franchement couler ses pleurs, sans s'embarasser qu'on les vît.

Tu n'as pas tout dit: acheve, Marianne; & ne parle plus de moi, puisque cela t'attendrit trop, me dit-elle, en me tendant sans façon sa main, que je baisai de même: Acheve.....

Oui, Madame, lui répondis-je. Vous m'avez dit, Monseigneur, que vous m'éloigneriez de Paris, & que vous m'enverriez loin d'ici, si je refusois d'épouser ce jeune homme, répris-je donc en m'adressant au Ministre; & vous êtes toûjours le maître: mais, j'ai à vous répondre une chose, qui doit empécher Messieurs les Parens d'être encore inquiets sur le mariage qu'ils apprêhendent entre Mr. de Valville & moi. C'est que jamais il ne se fera; je le garantis, j'en donne ma parole,

& on peut s'en fier à moi: & si je ne vous en ai pas assuré, avant que Madame de Miran arrivât, vous aurez la bonté de m'excuser, Monseigneur. Ce qui m'a empéché de le faire, c'est que je n'ai pas cru qu'il fût à propos, ni honnête à moi, de renoncer à Mr. de Valville, pendant qu'on me menaçoit pour m'y contraindre. J'ai pensé, que je serois une lâche, & une ingrate, de montrer si peu de courage en cette occasion-ci; après que Mr. de Valville lui-même a bien eu celui de m'aimer, & de m'aimer si tendrement de tout son cœur, & comme une personne qu'on respecte, malgré la situation où il m'a vûë, qui étoit si rebutante, & à laquelle il n'a pas seulement pris garde, si-non que pour m'en aimer, & m'en considérer davantage.

Voilà ma raison, Monseigneur. Si je vous avois promis de ne le plus voir, il auroit eu lieu de s'imaginer, que je ne me mettois gueres en peine de lui, puisque je n'aurois pas voulu endurer d'être persécutée pour l'amour de lui: & mon intention étoit, qu'il sçût le contraire, qu'il ne doutât point que son cœur a véritablement acquis le mien: & je serois bien honteuse, si cela n'étoit

toit pas. Peut-être est-ce ici la derniere fois que je le verrai, & j'en profite pour m'acquitter de ce que je lui dois, & en meme tems pour dire à Madame de Miran, aussi-bien qu'à lui, que ce que la crainte & la menace n'ont pas dû me forcer de faire, je le fais aujourd'hui par pure reconnoissance pour elle & pour son fils. Non, Madame; non, ma généreuse Mere; non, Mr. de Valville; vous m'êtes trop chers tous les deux, je ne serai jamais la cause des reproches que vous souffririez, si je restois, ni de la honte qu'on dit que je vous attirerois. Le monde me dédaigne, il me rejette: nous ne changerons pas le monde; & il faut s'accorder à ce qu'il veut. Vous dites qu'il est injuste: ce n'est pas à moi à en dire autant; j'y gagnerois trop. Je dis seulement, que vous êtes bien généreuse, & que je n'abuserai jamais du mépris que vous faites pour moi des coûtumes du monde. Aussi-bien est-il certain, que je mourrois de chagrin du blâme qui en retomberoit sur vous; & si je ne vous l'épargnois pas, je serois indigne de vos bontez. Hélas! je vous aurois donc trompée: il ne seroit pas vrai, que

 j'auj'aurois le caractère que vous me croyez; & je n'ai que le parti que je prens, pour montrer que vous n'avez pas eu tort de le croire. Mr. de Climal, par sa piété, m'a laissé quelque chose pour vivre : & ce qu'il y a suffit pour une fille, qui n'est rien; qui, en vous quittant, quitte tout ce qui l'attachoit, & tout ce qui pourroit l'attacher; qui, après cela, ne se soucie plus de rien, ne regrette plus rien, & qui va pour toute sa vie se renfermer dans un Couvent, où il n'y a qu'à donner ordre que je ne voye personne, à l'exception de Madame, qui est comme ma mere, & dont je supplie qu'on ne me prive pas tout d'un coup, si elle veut me voir quelquefois. Voilà tous mes desseins, à moins que Monseigneur, pour être encore plus sûr de moi, ne m'éxile loin d'ici, suivant l'intention qu'il en a eu d'abord.

Un torrent de pleurs termina mon discours. Valville, pâle & abattu, paroissoit prêt à se trouver mal; & Madame de Miran alloit, ce me semble, me répondre, quand le Ministre la prévint, & se retournant avec une action animée vers les Parentes.

Mesdames, leur dit-il, sçavez-vous quel-

quelque réponſe à ce que nous venons d'entendre ? Pour moi, je n'y en ſçais point, & je vous déclare, que je ne m'en méle plus. A quoi voulez-vous qu'on remedie ? A l'eſtime que Madame de Miran a pour la vertu, à l'eſtime qu'aſſurement nous en avons tous? Empêcherons-nous la vertu de plaire ? Vous ne ſeriez pas de cet avis-là, ni moi non plus; & l'Autorité n'a que faire ici.

Et puis, ſe tournant vers le frere de lait de Madame, Laiſſez-nous, Villot, lui dit-il. Madame, je vous rends votre fille, avec tout le pouvoir que vous avez ſur elle. Vous lui avez tenu lieu de mere: elle ne pouvoit pas en trouver une meilleure; & elle méritoit de vous trouver. Allez, Mademoiſelle. Oubliez tout ce qui s'eſt paſſé ici : qu'il reſte comme nul; & conſolez-vous d'ignorer qui vous êtes. La Nobleſſe de vos Parens eſt incertaine : mais, celle de votre cœur eſt inconteſtable; & je la préférerois, s'il falloit opter.

Il ſe retiroit, en diſant cela; mais, il me prit un tranſport, qui l'arrêta, & qui étoit juſte.

C'eſt que je me jettai à ſes genoux,

avec une rapidité plus éloquente, & plus expressive, que tout ce que je lui aurois dit, & que je ne pûs lui dire, pour le remercier du jugement plein de bonté & de vertu, qu'il venoit lui-même de rendre en ma faveur.

Il me réleva sur le champ, d'un air qui témoignoit que mon action le surprenoit agréablement, & l'attendrissoit: je m'apperçus aussi qu'elle plaisoit à toute la compagnie.

Levez-vous, ma belle enfant, me dit-il. Vous ne me devez rien; je vous rends justice. Et puis, s'adressant aux autres, Elle en fera tant, que nous l'aimerons tous aussi, ajoûta-t-il; & il n'y a point d'autre parti à prendre avec elle. Ramenez-la, Madame, (c'étoit à ma Mere à qui il parloit,) ramenez-la, & prenez garde à ce que deviendra votre fils, s'il l'aime. Car, avec les qualitez que nous voyons dans cette enfant-là, je ne répons pas de lui, & ne répondrois de personne: faites comme vous pourrez; ce sont vos affaires.

Sans doute, dit aussi-tôt Madame de..... son épouse: & si on a donné à Madame l'embarras qu'elle a aujourd'hui, ce n'est pas ma faute; il n'a pas tenu à moi qu'on ne le lui épargnât.

Sur

Sur ce pied-là, Mesdames, repartit en se levant cette Parente revêche, je pense qu'il ne vous reste plus qu'à saluer votre Cousine. Embrassez-la d'avance: vous ne risquez rien. Pour moi, on me permettra de m'en dispenser, malgré son incomparable noblesse de cœur; je ne suis pas extrêmement sensible aux vertus romanesques. Adieu, la petite Avanturiere. Vous n'êtes encore qu'une fille de condition, nous dit-on: mais, vous n'en demeurerez pas là; & nous serons bien-heureuses, si au prémier jour vous ne vous trouvez pas une Princesse.

Au lieu de lui répondre, je m'avançai vers ma Mere, dont je voulus aussi embrasser les genoux, & qui m'en empêcha; mais, je pris sa main, que je baisai, & sur laquelle je répandis des larmes de joye.

La Parente farouche sortit avec colere, & dit à deux Dames, en s'en allant: Ne venez-vous pas?

Là-dessus, elles se leverent; mais, plus par complaisance pour elle, que par inimitié pour moi: on voyoit bien, qu'elles n'approuvoient pas son emportement, & qu'elles ne la suivoient que dans la crainte de la fâcher. Une d'elles dit même tout bas à Madame de Miran: Elle nous a amenées; & elle ne nous le pardonneroit pas, si nous restions.

Valville, à qui le cœur étoit revenu, ne la regardoit plus qu'en riant, & se vengeoit ainsi du peu de succès de son Entreprise. Votre Carosse est-il là-bas? lui dit-il: voulez-vous que nous vous ramenions, Madame? Laissez-moi, lui dit-elle: vous me faites pitié d'être si content.

Elle salua ensuite Madame de....., ne jetta pas les yeux sur ma Mere qui la saluoit, & partit avec les deux Dames dont je viens de parler.

Aussi-tôt, le reste de la compagnie se rassembla autour de moi, & il n'y eut personne qui ne me dît quelque chose d'obligeant.

Mon Dieu! que je me réproche d'avoir trempé dans cette Intrigue-ci! dit Madame de.... à ma Mere. Que je leur sçais mauvais gré de m'avoir persécutée pour y entrer! On ne peut pas avoir plus de tort que nous en avions. N'est-il pas vrai, Mesdames?

Ah! Seigneur! ne nous en parlez pas: nous en sommes honteuses, répondirent-elles. Qu'elle est aimable! Nous

Nous n'avons rien de si joli à Paris. Ni peut-être rien de si estimable, reprit Madame de..... Je ne sçaurois vous exprimer l'inquiétude où j'étois pendant tout ce dialogue; & je suis bien contente de Monsieur de..... (elle parloit du Ministre son mari.) Oh! bien contente: il n'a encore rien fait, qui m'ait tant plû; ce qu'il vient de dire est d'une justice admirable.

Avec tout autre Juge que lui, j'avoue que le cœur m'auroit battu, dit à son tour le jeune Cavalier que j'avois vû dans l'anti-chambre, & qui étoit encore-là; mais, avec Monsieur de..., je n'ai pas douté un instant de ce qui arriveroit. Et moi, je devrois lui demander pardon d'avoir eu peur pour Mademoiselle, dit alors Valville, qui les avoit jusqu'ici écoutez d'un air modeste & intérieurement satisfait.

Tout le monde rit de sa réponse, mais discretement, & sans lui rien dire. Il étoit tard, ma Mere prit congé de Madame de..., qui l'embrassa avec toute l'amitié possible, comme pour lui faire oublier le secours qu'elle avoit prêté à nos ennemis. Elle me fit l'honneur de m'embrasser moi-même, ce que je reçus avec tout le respect qui convenoit ; & nous nous retirâmes.

A peine fûmes-nous dans l'anti-chambre, que cette femme, qu'on avoit envoyée pour me tirer de mon prémier Couvent sous le nom de ma Mere, & qui étoit venuë ce matin même me reprendre à celui où elle m'avoit mise la veille ; que cette femme, dis-je, se présenta à nous, & nous dit, qu'elle avoit ordre du Ministre de nous mener tout-à-l'heure, si nous voulions, à ce dernier Couvent, pour me faire rendre mes hardes, qu'on hésiteroit peut-être de me donner, si nous y allions sans elle ; à moins que Madame de Miran n'aimât mieux remettre à y aller dans l'après-midi.

Non, non, dit ma Mere, finissons cela, ne differons point. Venez, Mademoiselle: aussi-bien avons-nous besoin de vous pour aller-là ; car, j'ai oublié de demander où c'est. Venez : j'aurai soin qu'on vous ramene ensuite.

Cette femme nous suivit donc, & monta en carosse avec nous. Vous jugez bien, qu'il ne fut plus question de cette familiarité qu'elle avoit euë avec moi, lorsqu'elle m'étoit venuë pren-

prendre ; & je la vis un peu honteuſe de la différence qu'il y avoit pour elle de ce voyage-ci à ceux que nous avions déja faits enſemble : chaçun a ſon petit orgueil. Nous n'étions plus camarades ; & cela lui donnoit quelque confuſion.

Je n'en abuſai point : j'avois trop de joye, je ſortois d'un trop grand triomphe, pour m'amuſer à être maligne ou glorieuſe ; & je n'ai jamais été ni l'un ni l'autre.

L'entretien fut fort réſervé pendant le chemin, à cauſe de cette femme qui nous accompagnoit ; & qui, à l'occaſion de je ne ſçais quoi qui fut dit, nous apprit que c'étoit de Madame de Fare que venoit toute la rumeur, & qu'en même tems elle avoit refuſé de ſe joindre aux autres parens dans les mouvemens qu'ils s'étoient donnez : de ſorte qu'elle n'avoit pas préciſement parlé pour me nuire, mais ſeulement pour avoir le plaiſir d'être indiſcrette, & de réveler une choſe qui ſurprendroit.

Elle nous conta auſſi, que Monſieur Villot étoit au deſeſpoir de ce qu'il ne ſeroit point à moi. Je l'ai laiſſé qui pleuroit comme un enfant, nous

dit-

dit-elle : ſur quoi je jettai les yeux ſur Valville, pour qui il me parut que le récit de l'affliction de Monſieur Villot n'étoit pas amuſant. Auſſi n'y répondîmes-nous rien ma Mere & moi, & laiſſâmes-nous tomber ce petit article, d'autant plus que nous étions arrivez à la porte du Couvent, où je deſcendis avec cette femme.

Il eſt inutile que je paroiſſe, me dit ma Mere; & je crois même, qu'il ſuffiroit que Mademoiſelle allât redemander vos hardes, ſans parler de nous, & ſans dire que nous ſommes ici.

Permettez-moi de me montrer auſſi, lui dis-je : les bontez, que l'Abbeſſe a euës pour moi, exigent que je la remercie; je ne ſçaurois m'en diſpenſer ſans ingratitude. Ah ! tu as raiſon, ma fille; & je ne ſçavois pas cela, me répartit-elle : va, mais hâte-toi; & dis-lui, que je t'attens, que je ſuis fatiguée, & qu'il m'eſt impoſſible de deſcendre : fais le plus vîte que tu pourras ; il vaut mieux que tu la reviennes voir.

Abrégeons donc : je parus, on me rendit mon coffre ou ma caſſette, lequel des deux il vous plaira. Toutes

les

les Religieuſes, que j'avois vûës, vinrent ſe réjouir avec moi du ſuccès de mon avanture. L'Abbeſſe me donna les témoignages d'affection les plus ſinceres: elle auroit ſouhaité, que j'euſſe paſſé le reſte de la ſoirée avec elle; mais, il n'y avoit pas moyen. Ma Mere eſt à la porte de votre maiſon dans ſon caroſſe: elle vous auroit vûë, lui dis-je; mais, elle eſt indiſpoſée: elle vous fait ſes excuſes, & il faut que je vous quitte.

Quoi! s'écria-t-elle, cette mere ſi tendre, cette Dame que j'eſtime tant, eſt ici? Mon Dieu, que j'aurois de plaiſir à la voir, & à lui dire du bien de vous! Allez, Mademoiſelle, retournez-vous-en; mais, tâchez de la déterminer à venir un inſtant: ſi je pouvois ſortir, je courrois à elle; &, ſuppoſé qu'il ſoit trop tard, dites-lui, que je la conjure de revenir encore une fois ici avec vous. Partez, ma chere enfant; & auſſitôt elle me congédia. Un domeſtique de la maiſon portoit mon petit balot. Tout ceci ſe paſſa en moins d'un demi-quart d'heure de tems. J'oublie encore, que l'Abbeſſe chargea la Tourriere d'aller faire ſes complimens à Madame de Miran, qui,

de

de ſon côté, la fit aſſurer que nous la reviendrions voir au prémier jour ; & puis nous partîmes pour aller..... Devineriez-vous où ? Au logis, dit ma Mere ; car, à ton autre Couvent, on a dîné, & nous t'y remettrons ſur le ſoir : non que j'aye envie de t'y laiſſer long-tems ; mais, il eſt bon que tu y faſſes encore quelque ſéjour : ne fût-ce qu'à cauſe de ce qui t'eſt arrivé, & de l'inquiétude que j'en ai montrée moi-même.

Nous avancions pendant qu'elle parloit, & nous voici dans la cour de ma Mere, d'où elle congédia cette femme de Madame de. . . qui nous avoit ſuivie, & nous montâmes chez elle.

Une certaine Gouvernante, qui étoit dans la maiſon de Madame de Miran, quand on m'y porta après ma chûte au ſortir de l'Egliſe, & que, ſi vous vous en ſouvenez, Valville appella pour me déchauſſer, n'y étoit plus ; & de tous les domeſtiques, il n'y avoit plus qu'un Laquais de Valville qui me connût : c'étoit celui qui avoit ſuivi mon Fiacre juſques chez Madame Dutour, & qui d'ailleurs m'avoit déja revûë pluſieurs fois, puiſqu'il m'étoit venu rendre deux ou trois

billets

billets de Valville à mon Couvent. Or ce Laquais étoit malade : ainſi, il n'y avoit-là perſonne qui ſçût qui j'étois.

Et ce qui fait que je vous dis cela, c'eſt que, pendant que nous montions chez ma Mere, je revois, toute joyeuſe que j'étois, que j'allois trouver dans cette maiſon, & cette Gouvernante que je vous ai rappellée, & quelques Valets qui ne manqueroient pas de me reconnoître.

Ah ! C'eſt cette petite fille, qu'on a apportée ici, & qui avoit mal au pied, vont-ils dire, penſois-je en moi-meme : c'eſt cette petite Lingere, que nous croyons une Demoiſelle, & qui ſe fit reconduire chez Madame Dutour.

Et cela me déplaiſoit. J'avois peur auſſi que Valville n'en fût un peu honteux. Peut-être que, m'aimant autant qu'il faiſoit, ne s'en ſeroit-il pas ſoucié : mais, heureuſement, nous ne fumes expoſez ni l'un ni l'autre au deſagrément que j'imaginois, & je goûtai tout à mon aiſe le plaiſir de me trouver chez ma Mere, & d'y etre comme ſi j'avois été chez moi.

Ah çà, ma fille, me dit-elle, viens

que

que je t'embraſſe à préſent que nous ſommes ſans critiques : tout ceci a tourné, on ne peut pas mieux. On ſe doute de nos deſſeins, on les prévoit, on n'a pas même paru les deſapprouver. Le Miniſtre t'a rendu ta parole, en te remettant entre mes mains ; &, graces au Ciel, on ne ſera plus ſurpris de rien. Tu m'as dit tantôt les choſes du monde les plus tendres, ma chere enfant : mais, franchement, je les mérite bien pour tout le chagrin que tu m'as cauſé. Tu en as eu beaucoup auſſi, n'eſt-il pas vrai ? As-tu ſongé à celui que j'aurois ; que penſois-tu de ta Mere ?

Elle me tenoit ce diſcours, aſſiſe dans un fauteuil. J'étois vis-à-vis d'elle, & me laiſſant aller à une ſaillie de reconnoiſſance, je me jettai tout d'un coup à ſes genoux ; & puis la regardant, après lui avoir baiſé la main. Ma Mere, lui dis-je, voilà Monſieur de Valville : il m'eſt bien cher, & ce n'eſt plus un ſecret, je l'ai publié devant tout le monde ; mais, il ne m'empêchera pas de vous dire, que j'ai mille fois plus encore ſongé à vous qu'à lui. C'étoit ma Mere qui m'occupoit, c'étoit ſa tendreſſe, & ſon bon

cœur.

cœur. Que fera-t-elle, que ne fera-t-elle pas, me disois-je, ? & toujours ma mere dans l'esprit. Toutes mes pensées vous regardoient : je ne sçavois pas, si vous réüssiriez à me tirer d'embarras; mais, ce que je souhaitois le plus, c'étoit que ma mere fût bien fâchée de ne plus voir sa fille : je desirois cent fois plus sa tendresse, que ma délivrance; & j'aurois tout enduré, hormis d'être abandonnée d'elle. J'étois si pleine de ce que je vous dis-là, j'en étois tellement agitée, que j'en sentois quelque petite inquiétude, dont je m'accuse, quoiqu'elle n'ait presque pas duré. J'ai pourtant songé aussi à Monsieur de Valville ; car, s'il m'oublioit, ce seroit une grande affliction pour moi, plus grande que je ne puis le dire. Mais, le principal est que vous m'aimiez. C'est le cœur de ma mere, qui m'est le plus nécessaire ; il va avant tout dans le mien ; car, il m'a tant fait de bien, je lui ai tant d'obligation, il m'est si doux de lui être chere..... Nai-je pas raison, Monsieur ?

Madame de Miran m'écoutoit en souriant. Levez-vous, petite fille, me dit-elle ensuite. Vous me faites oublier, que j'ai à vous quereller de votre imprudence d'hier matin. Je voudrois bien sçavoir pourquoi vous vous laissez emmener par une femme qui vous est totalement inconnuë, qui vient vous chercher sans billet de ma part, & dans un équipage qui n'est pas à moi non plus? Où étoit votre esprit de n'avoir pas fait attention à tout cela, sur-tout après la visite suspecte que vous aviez reçûë de ce grand squelette, dont vous m'aviez si bien dépeint la figure? Ses menaces ne vous annonçoient-elles pas quelque dessein? Ne devoient-elles pas vous laisser quelque défiance? Vous êtes une étourdie; &, pendant le séjour que vous ferez encore à votre Couvent, je vous défens d'en sortir jamais qu'avec cette femme que vous venez de voir, (elle parloit d'une Femme-de-Chambre qui avoit paru il n'y avoit qu'un moment,) ou que sur une lettre de moi, quand je n'irai pas vous chercher moi-même: entendez-vous?

Là-dessus, on servit: nous dinâmes; Valville mangea fort peu, & moi aussi: ma mere y prit garde, elle en rit. Apparemment que la joye ôte l'appetit, nous

nous dit-elle en badinant. Oui, ma mere, reprit Valville ſur le même ton ; on ne ſçauroit faire tant de choſes à la fois.

Le repas fini, Madame de Miran paſſa dans ſa chambre, & nous l'y ſuivîmes. De-là, elle entra dans un petit cabinet d'où elle m'appella ; j'y vins. Donne-moi ta main, me dit-elle. Voyons ſi cette bague-ci te conviendra. C'étoit un brillant de prix: &, pendant qu'elle me l'eſſayoit, Je vois, lui répondis-je, un Portrait, (c'étoit le ſien,) que j'aimerois mille fois mieux que la bague, toute belle qu'elle eſt, & toutes les pierreries du monde. Troquons, ma mere: cedez-moi le Portrait; je vous rendrai la bague.

Patience, me dit-elle: je le ferai placer ici dans votre chambre, quand vous y ſerez; & vous y ſerez bien-tôt. Où mettez-vous votre argent, Marianne? continua-t-elle: vous n'avez rien pour cela, je penſe. Auſſi-tôt, elle ouvrit un tiroir : tenez, voilà une bourſe qui eſt fort bien travaillée; ſervez-vous-en.

Je vous remercie, ma mere, lui repartis-je; mais, où mettrai-je tout l'amour, tout le reſpect, toute la reconnoiſſance, que j'ai pour ma mere ? Il me ſemble que j'en ai plus qu'il n'en peut tenir dans mon cœur.

Elle ſourit à ce diſcours. Sçavez-vous ce qu'il faut faire, ma mere ? nous dit Valville, qui étoit reſté à l'entrée du Cabinet, & que la joye d'entendre ce que nous nous diſions toutes deux, avec cette familiarité douce & badine, tenoit comme en extaſe. Mettons votre fille le plus vîte que nous pourrons dans cette chambre, où vous avez deſſein de placer le Portrait : elle en ſera moins embaraſſée de tout l'amour qu'elle a pour vous, & plus à portée de venir vous en parler pour le ſoulager.

C'eſt de quoi nous allons nous entretenir tout-à-l'heure, répondit Madame de Miran. Sortons : je veux lui montrer l'apartement que j'occupois du vivant de votre pere.

Et, ſur le champ, nous paſſâmes dans une grande anti-chambre, que j'avois déja vûë, & dans laquelle il y avoit une porte vis-à-vis de celle par où nous y entrions. Cette porte nous mena à cet apartement qu'ils vouloient me faire voir. Il étoit plus vaſte & plus

orné

orné que celui de Madame de Miran, & donnoit, comme le ſien, ſur un très beau Jardin. Eh bien, ma fille, comment vous trouvez-vous ici? Ne vous y ennuyrez-vous point? Y regretterez-vous votre Couvent? me dit-elle, en riant.

Je me mis à pleurer là-deſſus de pur raviſſement, & me jettant entre ſes bras: Ah! ma mere, lui repartis-je, d'un ton pénétré. Quelles délices pour moi! Songez-vous, que cet apartement-ci me conduira dans le vôtre?

A peine achevois-je ces mots, qu'un coup de ſifflet nous avertit qu'il venoit une viſite.

Ah! mon Dieu! s'écria Madame de Miran, que je ſuis fâchée! J'allois ſonner, pour donner ordre de dire que je n'y étois pas. Retournons chez moi. Nous nous y rendîmes.

Un Laquais entra, qui nous annonça deux Dames, que je ne connoiſſois pas, qui n'avoient point entendu parler de moi non plus, qui me regarderent peut-être pour une Parente de la Maiſon, & venoient rendre elles-mêmes une de ces viſites indifférentes, qui entre femmes n'aboutiſſent qu'à ſe voir une demi-heure, qu'à ſe dire quelques bagatelles ennuyantes, & qu'à ſe laiſſer-là, ſans ſe ſoucier les unes des autres.

Je remarquerai pour vous amuſer ſeulement, (& je n'écris que pour cela,) que de ces deux Dames, il y en eut une qui parla fort peu, ne prit preſque point de part à ce que l'on diſoit, ne fit que remuer la tête pour en varier les attitudes, & les rendre avantageuſes, enfin qui ne ſongea qu'à elle & à ſes graces: il eſt vrai, qu'elle en auroit eu quelques-unes, ſi elle s'étoit moins occupée de la vanité d'en avoir; mais, cette vanité gâtoit tout, & ne lui en laiſſoit pas une de naturelle. Il y a beaucoup de femmes, comme elle, qui ſeroient fort aimables, ſi elles pouvoient oublier un peu qu'elles le ſont. Celle-ci, j'en ſuis ſûre, n'alloit & ne venoit par le monde, que pour ſe montrer, que pour dire, voyez-moi: elle ne vivoit que pour cela.

Je crois qu'elle me trouva jolie; car, elle me regarda peu, & toujours de côté: on démêloit, qu'elle faiſoit ſemblant de me compter pour rien, de ne ne pas s'appercevoir que j'étois-là ; & le tout, pour persuader qu'elle ne trouvoit rien en moi que de fort commun.

Une chose la trahit pourtant : c'est qu'elle avoit toûjours les yeux sur Valville, pour observer laquelle des deux il regarderoit le plus, d'elle, ou de moi; &, en un sens, c'étoit bien-là me regarder moi-même, & craindre que je n'eusse la préférence.

L'autre Dame plus âgée étoit une femme fort sérieuse, & cependant fort frivole, c'est-à-dire, qui parloit gravement, & avec dignité, d'un équipage qu'elle faisoit faire ; d'un repas qu'elle avoit donné ; d'une visite qu'elle avoit renduë ; d'une histoire que lui avoit contée la Marquise une telle : & puis c'étoit Madame la Duchesse de..... qui se portoit mieux, mais qui avoit pris l'air de trop bonne heure, qu'elle l'en avoit querellée ; que cela étoit effroyable : & puis c'étoit une repartie haute & convenable, qu'elle avoit faite la veille à cette Madame une telle, qui s'oublioit de tems en tems, à cause qu'elle étoit riche, qui ne distinguoit pas d'avec elle les femmes d'une certaine façon ; & mille autres choses d'une aussi platte & d'une aussi vaine espece, qui firent le sujet de cet entretien, pendant lequel d'autres visites aussi fatigantes arriverent encore.

De sorte qu'il étoit tard, quand nous en fûmes debarassées, & qu'il n'y avoit point de tems à perdre pour me ramener à mon Couvent.

Nous nous reverrons demain, ou le jour d'après, dit ma mere. Je t'enverrai chercher; hâtons-nous de partir: j'ai besoin de repos, & je me coucherai dès que je serai revenuë. Pour vous, mon fils, vous n'avez qu'à rester ici: nous n'avons pas besoin de vous. Valville se plaignit, mais il obéït; & nous remontâmes en Carosse.

Nous voici arrivées au Couvent, où nous vîmes un instant l'Abbesse dans son parloir: ma mere l'instruisit de la fin de mon Avanture; & puis je rentrai.

Deux jours après, Madame de Miran vint me reprendre à l'heure de midi. Vous sçavez qu'elle me l'avoit promis. Je dînai chez elle avec Valville: il y fut question de notre mariage. En ce tems-là même, on traitoit pour

Val-

Valville d'une Charge considérable: il devoit en être incessamment pourvû, il n'y avoit tout au plus que trois semaines à attendre; & il fut conclu, que nous nous marierions, dès que cette affaire seroit terminée.

Voilà qui étoit bien positif. Valville ne se possédoit pas de joye. Je ne sçavois plus que dire dans la mienne: elle m'ôtoit la parole, & je ne faisois que regarder ma mere.

Ce n'est pas le tout, me dit-elle. Je vais ce soir pour huit ou dix jours à ma Terre, où je veux me reposer de toutes les fatigues que j'ai euës depuis la mort de mon frere; & je suis d'avis de te mener avec moi, pendant que mon fils va passer quelque tems à Versailles, où il est nécessaire qu'il se rende. Tu n'as rien apporté de ton Couvent pour cette petite absence; mais, je te donnerai tout ce qu'il te faut.

Ah! mon Dieu! que de plaisir! Quoi! dix ou douze jours avec vous, sans vous quitter! lui répondis-je. Ne changez donc point d'avis, ma mere.

Aussi-tôt, elle passa dans son cabi-

 net,

net, écrivit à l'Abbeſſe qu'elle m'emmenoit à la Campagne, fit porter le Billet ſur le champ, & deux heures après nous partîmes.

Notre Voyage n'étoit pas long: cette Terre n'étoit éloignée que de trois petites lieuës; & Valville ſe déroba deux ou trois fois de Verſailles, pour nous y venir voir. Il ne fut pas pourvû de cette Charge, dont j'ai parlé, auſſi vîte qu'on l'avoit cru: il ſurvint des difficultez, qui traînerent l'affaire en longueur; chaque jour cependant on en attendoit la concluſion. Nous revinmes de la Campagne, ma mere & moi, & je retournai encore à mon Couvent; où elle ne comptoit pas que je dûſſe reſter plus d'une ſemaine: j'y reſtai pourtant plus d'un mois, pendant lequel je vins, comme à l'ordinaire, dîner quelquefois chez elle, & quelquefois chez Madame Dorſin.

Durant cet intervalle, Valville fut toûjours auſſi empreſſé & auſſi tendre qu'il l'eût jamais été; mais, ſur la fin, plus gai qu'il n'avoit coûtume de l'être: en un mot, il avoit toûjours autant d'amour, mais plus de patience ce ſur les incidens qui reculoient la concluſion de ſon affaire ; & ce que je vous dis-là, je ne le rappellai que long-tems après, en repaſſant ſur tout ce qui avoit précédé le malheur qui m'arriva dans la ſuite. La derniere fois même que je dînai chez ſa mere, il ne s'y trouva pas lorſque je vins, & ne ſe rendit au logis qu'un inſtant avant que nous nous miſſions à table. Un importun l'avoit retenu, nous dit-il ; & je le crus, d'autant plus, qu'à cela près, je ne voyois rien de changé en lui : &, en effet, il étoit toûjours le même, à l'exception qu'il étoit un peu plus diſſipé qu'à l'ordinaire, à ce que m'avoit dit Madame de Miran, avant qu'il entrât ; & c'eſt qu'il s'ennuye, avoit-elle ajoûté, de voir différer votre mariage.

Enfin, la derniere fois qu'elle me ramenoit à mon Couvent, Je vous prie, ma mere, que je ſois de la partie, lui dit Valville, qui avoit été charmant ce jour-là, qui, à mon gré, ne m'avoit jamais tant aimée, qui ne me l'avoit jamais dit avec tant de graces, ni ſi galamment, ni ſi ſpirituellement : & tant pis ; tant de ga-

galanterie, & tant d'eſprit, n'étoient pas bon ſigne : il falloit apparemment, que ſon amour ne fût plus, ni ſi ſérieux, ni ſi fort ; & il ne me diſoit de ſi jolies choſes, qu'à cauſe qu'il commençoit à n'en plus ſentir de ſi tendres.

Quoi qu'il en ſoit, il eut envie de nous ſuivre. Madame de Miran diſputa d'abord, & puis conſentit : le Ciel en avoit ainſi ordonné. Je le veux bien, reprit-elle ; mais, à condition, que vous reſterez dans le caroſſe, & que vous ne paroîtrez point, pendant que j'irai voir un inſtant l'Abbeſſe. Et c'eſt de cette complaiſance qu'elle eut pour lui, que vont venir les plus grands chagrins que j'aye eus de ma vie.

Une Dame de grande diſtinction étoit venuë la veille à mon Couvent, avec ſa fille, qu'elle vouloit y mettre en penſion, juſqu'à ſon retour d'un Voyage qu'elle alloit faire en Angleterre, pour y recueillir une ſucceſſion que lui laiſſoit la mort de ſa mere.

Il y avoit très peu de tems, que le mari de cette Dame étoit mort en France. C'étoit un Seigneur Anglois, qu'à l'exeml'exemple de beaucoup d'autres ſon zèle & ſa fidélité pour ſon Roi avoient obligé de ſortir de ſon Pays ; & ſa Veuve, dont le bien avoit fait toute ſa reſſource, partoit pour le vendre, & pour recueillir cette ſucceſſion, dont elle vouloit ſe défaire auſſi, dans le deſſein de revenir en France, où elle avoit fixé ſon ſéjour.

Elle étoit donc convenu la veille avec l'Abbeſſe, que ſa fille entreroit le lendemain dans ce Couvent; & elle venoit poſitivement de l'amener quand nous arrivâmes: de ſorte que nous trouvâmes leur caroſſe dans la cour.

A peine ſortions-nous du nôtre, que nous vîmes ces deux Dames deſcendre d'un parloir, d'où elles venoient d'avoir un moment d'entretien avec l'Abbeſſe.

On ouvroit déja la porte du Couvent, pour recevoir la fille, qui, jettant les yeux ſur cette porte ouverte, & ſur quelques Religieuſes qui l'attendoient, regarda enſuite ſa mere qui pleuroit, & tomba tout à coup évanouïe entre ſes bras.

La

La mere, presqu'aussi foible que sa fille, alloit à son tour se laisser tomber sur la derniere marche de l'escalier qu'elles venoient de descendre, si un Laquais, qui étoit à elles, ne s'étoit avancé pour les soutenir toutes deux.

Cet accident, dont nous avions été témoins, Madame de Miran & moi, nous fit faire un cri, & nous nous hâtâmes d'aller à elles pour les sécourir, & pour aider le Laquais lui-même, qui avoit bien de la peine à les empêcher de tomber toutes deux.

Eh vîte! Mesdames, vîte, je vous conjure, crioit la mere en pleurs, & du ton d'une personne qui n'en peut plus: je crois que ma fille se meurt.

Les Religieuses, qui étoient à l'entrée du Couvent, & bien effrayées, appelloient de leur côté une Tourriere, qui vint en courant ouvrir un petit réduit, une espece de petite chambre où elle couchoit, & qui par bonheur étoit à côté de l'escalier du parloir.

Ce fut-là, où l'on tâcha de porter la Demoiselle évanoüie, & où nous entrâmes avec la mere, que Madame me de Miran ſoutenoit, & à qui on craignoit qu'il n'en arrivât autant qu'à ſa fille.

Valville, émû de ce ſpectacle, qu'il avoit vû auſſi-bien que nous, du caroſſe où il étoit reſté, oublia qu'il ne devoit pas ſe montrer, en ſortit ſans aucune réflexion, & vint dans cette petite chambre.

On y avoit mis la Demoiſelle ſur le lit de la Tourriere, & nous la délacions, cette Tourriere & moi, pour lui faciliter la reſpiration.

Sa tête penchoit ſur le chevet, un de ſes bras pendoit hors du lit, & l'autre étoit étendu ſur elle, tous deux, (il faut que j'en convienne,) tous deux d'une forme admirable.

Figurez-vous des yeux, qui avoient une beauté particuliere à être fermez.

Je n'ai rien vû de ſi touchant que ce viſage-là, ſur lequel cependant l'image de la mort étoit peinte; mais, c'en étoit une image qui attendriſſoit, & qui n'effrayoit pas.

En voyant cette jeune perſonne, on eût plutôt dit, elle ne vit plus, qu'on n'eût dit, elle eſt morte. Je ne puis vous repréſenter l'impreſſion qu'elle fai-

faisoit, qu'en vous priant de distinguer les deux façons de parler, qui paroissent signifier la même chose; & qui, dans le sentiment, pourtant en signifient de différentes. Cette expression, elle ne vit plus, ne lui ôtoit que la vie, & ne lui donnoit pas les laideurs de la mort.

Enfin, avec ce corps délacé, avec cette belle tête penchée, avec ces traits, dont on regrettoit les graces qui y étoient encore, quoiqu'on s'imaginât ne les y plus voir, avec ces beaux yeux fermez, je ne sçache point d'objet plus intéressant qu'elle l'étoit, ni de situation plus propre à remuer le cœur, que celle où elle se trouvoit alors.

Valville étoit derriere nous, qui avoit la vûë fixée sur elle: je le regardai plusieurs fois; & il ne s'en apperçut point. J'en fus un peu étonnée; mais, je n'allai pas plus loin, & n'en inférai rien.

Madame de Miran cherchoit dans sa poche un flacon plein d'une eau souveraine en pareils accidens, & elle l'avoit oublié chez elle.

Valville, qui en avoit un pareil au

sien

ſien, s'approcha tout d'un coup avec vivacité, nous écarta tous, pour ainſi dire, &, ſe mettant à genoux devant elle, tâcha de lui faire reſpirer de cette liqueur qui étoit dans le flacon, & lui en verſa dans la bouche ; ce qui, joint aux mouvemens que nous lui donnions, fit qu'elle entr'ouvrit les yeux, & les promena languiſſamment ſur Valville, qui lui dit avec je ne ſçais quel ton tendre ou affectueux que je trouvai ſingulier, Allons, Mademoiſelle, prenez-en, reſpirez-en encore.

Et lui-même, par un geſte ſans doute involontaire, lui prit une de ſes mains qu'il preſſoit dans les ſiennes. Je la lui ôtai ſur le champ, ſans ſçavoir pourquoi.

Doucement, Monſieur, lui dis-je : il ne faut pas l'agiter tant. Il ne m'écouta pas : mais, tout cela ne paroiſſoit de part & d'autre que l'effet d'un empreſſement ſecourable pour la Demoiſelle ; & il ſe diſpoſoit encore à lui faire reſpirer de cet élixir, quand la jeune perſonne, en ſoupirant, ouvrit tout-à-fait les yeux, ſouleva ſa main que je tenois, & la laiſſa retomber ſur le bras de Valville, qui la prit, & qui étoit toujours à genoux devant elle.

Ah ! mon Dieu ! dit-elle, où ſuis-je ? Valville gardoit cette main, la ſerroit, ce me ſemble, & ne ſe rélevoit pas.

La Demoiſelle, achevant enfin de reprendre ſes eſprits, l'enviſagea plus fixement auſſi, lui retira tout doucement ſa main, ſans ceſſer d'avoir les yeux ſur lui ; & comme elle devina bien au flacon qu'il avoit, qu'il s'étoit empreſſé pour la ſecourir, Je vous ſuis obligée, Monſieur, lui dit-elle : où eſt ma mere ? Eſt-elle encore ici ?

Cette Dame étoit au chevet du lit, aſſiſe ſur une chaiſe où on l'avoit placée, & où elle n'avoit eu juſques-là que la force de ſoupirer & de pleurer.

Me voilà, ma chere fille, répondit-elle avec un accent un peu étranger. Ah ! Seigneur ! que vous m'avez effrayée, ma chere Varthon. Voici des Dames, à qui vous avez bien de l'obligation, auſſi-bien qu'à Monſieur.

Et obſervez, que ce Monſieur demeuroit toujours dans la même poſture : je je le répete, à cause qu'il m'ennuyoit de l'y voir. La Demoiselle, bien revenuë à elle, jetta d'abord ses regards sur nous, ensuite les arreta sur lui: & puis, en s'appercevant du petit desordre où elle étoit, ce qui venoit de ce qu'on l'avoit délacée, elle en parut un peu confuse, & porta sa main sur son sein.

Levez-vous donc, Monsieur, dis-je à Valville: voilà qui est fini. Mademoiselle n'a plus besoin de secours. Cela est vrai, me répondit-il, comme avec distraction, & sans ôter les yeux de dessus elle. Je voudrois bien me lever, dit alors la Demoiselle en s'appuyant sur sa mere, qui l'aida du mieux qu'elle put. J'allois m'en mêler, & prêter mon bras, quand Valville me prévint, & avança précipitamment le sien pour la soulever.

Tant d'empressement de sa part n'étoit pas de mon goût; mais, de dire pourquoi je le desapprouvois, c'est ce que je n'aurois pû faire. Je ne serois pas même convenuë, qu'il me déplaisoit, je pense. Ce petit dépit que j'en avois, me faisoit agir, sans que je le connûsse. Comment en aurois-je connu les motifs? Et, ſuivant toute apparence, Valville y entendoit auſſi peu de fineſſe que moi.

Il falloit bien cependant, qu'il ſe paſsât quelque choſe d'extraordinaire en lui; car, vous avez vû la bruſquerie avec laquelle je lui avois parlé deux ou trois fois, & il ne l'avoit pas remarqué. Il n'en fut point ſurpris, comme il n'auroit pas manqué de l'être dans un autre tems; ou bien il la ſouffrit en homme qui la méritoit, qui ſe rendoit juſtice à ſon inſçû, & qui étoit coupable dans le fond de ſon cœur: auſſi l'étoit-il; mais, il l'ignoroit. Pourſuivons.

Les Religieuſes attendoient toûjours que la Demoiſelle entrât. Elle nous remercia, Madame de Miran & moi, de fort bonne grace, mais d'un air modeſte, du ſervice que nous venions de lui rendre. Je m'imaginai la voir un peu plus embaraſſée dans le compliment qu'elle fit à Valville, & elle baiſſa les yeux en lui parlant. Allons, ma mere, ajoûta-t-elle enſuite, c'eſt demain votre départ: vous n'avez pas de tems à perdre; & il eſt tems que j'enj'entre. Là-dessus, elles s'embrasserent, non sans verser encore beaucoup de pleurs.

J'ai supprimé toutes les politesses que Madame de Miran, & la Dame étrangere, s'étoient faites. Cette derniere lui avoit même conté en peu de mots les raisons qui l'obligeoient à laisser la jeune personne dans le Couvent.

Ma fille, me dit ma mere en les voyant s'embrasser pour la derniere fois, puisque vous allez avoir l'honneur d'être la compagne de Mademoiselle, tâchez de gagner son amitié, & n'oubliez rien de ce qui pourra contribuer à la consoler.

Voilà bien de la bonté, Madame, repartit aussitôt la Dame étrangere. Je prendrai donc à mon tour la liberté de vous la recommander à vous-même: à quoi Madame de Miran répondit, qu'elle demandoit aussi la permission de la faire venir chez elle, quand elle m'enverroit chercher; ce qui fut reçû de la part de l'autre, avec tous les témoignages possibles de reconnoissance.

Ces deux Dames se connoissoient

de nom, & par-là ſçavoient les égards qu'elles ſe devoient l'une à l'autre.

A tout cela Valville ne diſoit mot, & regardoit ſeulement la Demoiſelle, ſur qui, contre ſon ordinaire, je lui trouvois les yeux plus ſouvent que ſur moi; ce que j'attribuois, ſans en être contente, à un pur mouvement de curioſité.

Le moyen de le ſoupçonner d'autre choſe; lui, qui m'aimoit tant, qui venoit dans la même journée de m'en donner de ſi grandes preuves; lui, que j'aimois tant moi-même, à qui je l'avois tant dit, & qui étoit ſi charmé d'en être ſûr?

Hélas, ſûr! Peut-être ne l'étoit-il que trop. On ne le croiroit pas: mais, les ames tendres & délicates ont volontiers le défaut de ſe relâcher dans leur tendreſſe, quand elles ont obtenu toute la vôtre. L'envie de vous plaire leur fournit des graces infinies, leur fait faire des efforts qui ſont délicieux pour elles; mais, dès qu'elles ont plû, les voilà deſœuvrées.

Quoi qu'il en ſoit, la jeune Demoiſelle, en reconnoiſſance de l'attachement que Madame de Miran m'ordondonnoit d'avoir pour elle, vint galamment se jetter à mon cou, & me demander mon amitié. Cette action, à laquelle elle se livra de la maniére du monde la plus aimable & la plus naïve, m'attendrit. Je n'en aurois peut-être pas fait autant qu'elle: non qu'elle ne m'eût paru fort digne d'être aimée; mais, mon cœur ne me disoit rien pour elle, ou plutôt je me sentois un fond de froideur, que j'aurois eu de la peine à vaincre, & qui ne tint point contre ses caresses. Je les lui rendis avec toute la sensibilité dont j'étois capable, & m'intéressai véritablement à elle; qui, s'arrachant encore d'entre les bras de sa mere, se retira enfin dans le Couvent, d'où je lui criai que j'allois la suivre dès que nous aurions vû l'Abbesse, avec qui Madame de Miran vouloit avoir un instant d'entretien.

La mere remonta dans son équipage, baignée de ses larmes; & le lendemain partit en effet pour l'Angleterre.

Madame de Miran alla un instant parler à l'Abbesse, me vit entrer dans le Couvent, & alla rejoindre

 Val-

Valville, qui s'étoit remis dans le carosse où il l'attendoit. Il nous avoit quittées à l'instant où nous avions été au parloir de l'Abbesse; & je ne l'avois pas vû moins tendre qu'il avoit coûtume de l'être. Il n'y eut qu'une chose, à laquelle il manqua: c'est qu'il oublia de parler à Madame de Miran du jour où nous nous reverrions; & je me rappellai cet oubli un quart-d'heure après que je fus rentrée. Mais, nous avions été dérangez: l'accident de la Demoiselle avoit distrait nos idées, avoit fixé notre attention; & puis, ma mere n'avoit-elle pas dit au logis, que je reviendrois le lendemain, ou le jour d'après ? Cela ne suffisoit-il pas ?

Je l'excusois donc; & je traitois de chicane la remarque que j'avois d'abord faite sur son oubli.

Je reçus de l'Abbesse, & des Religieuses, & des Pensionnaires que je connoissois, l'accueil le plus obligeant. Je vous ai déja dit, qu'on m'aimoit; & cela étoit vrai, & sur-tout de la part de cette Religieuse, dont j'ai déja fait mention, & qui m'avoit si bien vengée de la hauteur & des rail-

railleries de la jeune & jolie Pensionnaire, dont je vous ai parlé aussi. Dès que j'eus remercié tout le monde de la joye qu'on avoit témoignée de mon retour, je courus chez ma nouvelle compagne, dont on avoit la veille apporté toutes les hardes qu'une sœur converse arrangeoit alors, pendant qu'elle révoit tristement à côté d'une table sur laquelle elle étoit appuyée.

Elle se leva du plus loin qu'elle m'apperçut, vint m'embrasser, & marqua un extréme plaisir à me voir.

Il auroit été difficile de ne pas l'aimer: elle avoit les manières simples, ingénuës, caressantes, &, pour tout dire enfin, le cœur comme les manières. C'est un éloge, que je ne puis lui refuser, malgré tous les chagrins qu'elle m'a causez.

Je m'épris pour elle de l'inclination la plus tendre. La sienne pour moi, disoit-elle, avoit commencé dès qu'elle m'avoit vûë: elle n'avoit senti de consolation, qu'en apprenant que je demeurerois avec elle. Promettez-moi que vous m'aimerez, que nous se-

ſerons inſéparables, ajoûtoit-elle avec des tons, des ſerremens de main, avec des regards, dont la douceur pénetroit l'ame, & entraînoit la perſuaſion; de ſorte que nous nous liames du commerce de cœur le plus étroit.

Elle étoit, pour ainſi dire, étrangere, quoiqu'elle fût née en France: ſon pere étoit mort, ſa mere partoit pour l'Angleterre, elle y pouvoit mourir. Peut-être cette mere venoit-elle de lui dire un éternel adieu: peut-être au prémier jour annonceroit-on à ſa fille, qu'elle étoit orpheline. Et moi, j'en étois une; mes infortunes alloient bien au-delà de celles qu'elle avoit à appréhender: mais, je la voyois en danger d'éprouver une partie des miennes. Je ſongeois donc, que ſon ſort pourroit avoir bientôt quelque reſſemblance avec le mien; & cette réflexion m'attachoit encore plus à elle: il me ſembloit voir en elle une perſonne, qui étoit plus réellement ma compagne qu'une autre.

Elle me confioit ſon affliction: & dans l'attendriſſement où nous étions toutes deux, dans cette effuſion

ſion de ſentimens tendres & généreux à laquelle nos cœurs s'abandonnoient, comme elle m'entretenoit des malheurs de ſa famille, je lui racontai auſſi les miens, & les lui racontai à mon avantage: non par aucune vanité, prenez y garde; mais, ainſi que je l'ai déja dit, par un pur effet de la diſpoſition d'eſprit où je me trouvois. Mon récit devint intéreſſant: je le fis de la meilleure foi du monde dans un goût auſſi noble que tragique; je parlai en déplorable victime du ſort, en Héroïne de Roman, qui ne diſoit pourtant rien que de vrai, mais qui ornoit la vérité de tout ce qui pouvoit la rendre touchante, & me rendre moi-méme une Infortunée reſpectable.

En un mot, je ne mentis en rien: je n'en étois pas capable; mais, je peignis dans le grand: mon ſentiment me menoit ainſi ſans que j'y penſaſſe.

Auſſi la belle Varthon m'écoutoit-elle en me plaignant, en ſoupirant avec moi, en mélant ſes larmes avec les miennes; car, nous en répandions toutes deux: elle pleuroit ſur moi, & je pleurois ſur elle.

Je lui fis l'Hiſtoire de mon arrivée à Paris avec la Sœur du Curé, qui y étoit morte: je traitai le caractère de cette Sœur auſſi dignement que je traitois mes avantures.

C'étoit, diſois-je, une perſonne qui avoit eu tant de dignité dans ſes ſentimens, dont la vertu avoit été ſi aimable, qui m'avoit élevée avec des égards ſi tendres, & qui étoit ſi fort au-deſſus de l'état où le Curé, ſon frere, & elle, vivoient à la campagne! Et cela étoit encore vrai.

Enſuite, je rapportois la ſituation où j'étois reſtée après ſa mort: & ce que je dis là-deſſus fendoit le cœur.

Le Pere Saint-Vincent: Monſieur de Climal, que je ne nommai point; (mon reſpect & ma tendreſſe pour ſa mémoire m'en auroient empéchée, quand j'en aurois eu envie:) l'injure qu'il m'avoit faite, ſon repentir, ſa réparation: la Dutour même, chez qui il m'avoit miſe ſi peu convenablement pour une fille comme moi: tout vint à ſa place, auſſi-bien que Madame de Miran, à qui, dans cet endroit de mon récit, je ne ſongeai point non plus à donner d'autre nom que celui d'une Dame que j'avois rencontrée; ſauf à la nommer après, quand je ſerois hors de ce ton romaneſque que j'avois pris. Je n'avois omis, ni ma chûte au ſortir de l'Egliſe, ni le jeune homme aimable & diſtingué par ſa naiſſance, chez lequel on m'avoit portée. Et, peut-être, dans le reſte de mon Hiſtoire, lui aurois-je appris que ce jeune homme étoit celui qui l'avoit ſecouruë, que la Dame qu'elle venoit de voir étoit ſa Mere, & que je devois bientôt épouſer ſon fils, ſi une Converſe, qui entra, ne nous eût pas averties, qu'il étoit tems d'aller ſouper; ce qui m'empécha de continuer & de mettre au fait Mademoiſelle Varthon, qui n'y étoit pas encore, puiſque j'en reſtois à l'endroit où Madame de Miran m'avoit trouvée: ainſi, cette Demoiſelle ne pouvoit appliquer rien de ce que je lui avois dit, aux perſonnes qu'elle avoit vûes avec moi.

Nous allâmes donc ſouper. Mademoiſelle Varthon, pendant le repas, ſe plaignit d'un grand mal de téte, qui augmenta, & qui l'obligea au ſortir de table de retourner dans ſa chambre où je la ſuivis: mais, comme elle avoit beſoin de repos, je la quittai

après

après l'avoir embraſſée ; & rien de ce qui s'étoit paſſé pendant ſon évanouïſſement ne me revint dans l'eſprit.

Je me levai le lendemain de meilleure heure qu'à mon ordinaire, pour me rendre chez elle. On alloit la ſaigner : je crus que cette ſaignée annonçoit une maladie ſérieuſe ; & je me mis à pleurer ; elle me ſerra la main, & me raſſûra. Ce n'eſt rien, ma chere amie, me dit-elle : c'eſt une légere indiſpoſition, qui me vient d'avoir été hier fort agitée, ce qui m'a donné un peu de fiévre ; & voilà tout.

Elle avoit raiſon ; la ſaignée calma le ſang : le lendemain elle ſe porta mieux ; & ce petit dérangement de ſanté, auquel j'avois été ſi ſenſible, ne ſervit qu'à lui prouver ma tendreſſe, & à redoubler la ſienne, que l'état où je tombai moi-même mit bientôt à une plus forte épreuve.

Elle venoit de ſe lever l'après-midi, quand, voulant aller prendre mon ouvrage qui étoit ſur ſa table, je fus ſurpriſe d'un étourdiſſement qui me força d'appeller à mon ſecours.

Il n'y avoit, dans ſa chambre, qu'elle, & cette Religieuſe, que j'aimois

mois, & qui m'aimoit. Mademoiſelle Varthon fut la plus prompte, & accourut à moi.

Mon étourdiſſement ſe paſſa, & je m'aſſis: mais, de tems en tems il recommençoit. Je me ſentis même une aſſez grande difficulté de reſpirer, enfin des peſanteurs, & un accablement total.

La Religieuſe me tâta le pouls, parut inquiète, ne me dit rien qui m'allarmât, mais me conſeilla d'aller me mettre au lit; &, ſur le champ, Mademoiſelle Varthon & elle me menerent chez moi. Je voulois tenir bon contre le mal, & me perſuader que ce n'étoit rien; mais, il n'y eut pas moyen de reſiſter, je n'en pouvois plus: il fallut me coucher, & je les priai de me laiſſer.

A peine ſortoient-elles de ma chambre, qu'on m'apporta un billet de Madame de Miran, qui n'étoit que de deux lignes.

„ Je n'ai pû te voir ces deux jours „ ici: n'en ſois point inquiète, ma „ fille; j'irai demain te prendre à „ midi.

N'y a-t-il que celui-là, ma ſœur, dis-
je

je, après l'avoir lû, à la Converſe, qui me l'avoit apporté ? C'eſt que je croyois, que Valville auroit pû m'écrire auſſi, & qu'aſſurément il n'avoit tenu qu'à lui; mais, il n'y avoit rien de ſa part.

Non, répondit cette fille à la queſtion que je lui faiſois: c'eſt tout ce que vient de remettre à la Tourriere un Laquais qui attend. Avez-vous quelque choſe à lui faire dire, Mademoiſelle?

Apportez-moi, je vous prie, une plume & du papier, lui dis-je: & voici ce que je répondis, toute accablée que j'étois.

„ Je rends mille graces à ma mere
„ de la bonté qu'elle a de me don-
„ ner de ſes nouvelles. J'avois beſoin
„ d'en recevoir: je viens de me cou-
„ cher; je ſuis un peu indiſpoſée. J'eſ-
„ pere, que ce ne ſera rien, & que
„ demain je ſerai prête. J'embraſſe
„ les genoux de ma mere. „

Je n'aurois pû en écrire davantage, quand je l'aurois voulu: &, deux heures après, j'avois une fiévre ſi ardente, que la téte s'embaraſſa. Cette fiévre fut ſuivie d'un redoublement, qui

qui, joint à d'autres accidens compliquez, fit desespérer de ma vie.

J'eus le transport au cerveau : je ne reconnus plus personne, ni Mademoiselle Varthon, ni mon amie la Religieuse, pas méme ma mere qui eut la permission d'entrer, & que je ne distinguai des autres, que par l'extrême attention avec laquelle je la regardai, sans lui rien dire.

Je restai à peu près dans le même état quatre jours entiers, pendant lesquels je ne sçus, ni où j'étois, ni qui me parloit. On m'avoit saignée ; je n'en sçavois rien. La fiévre baissa le cinquiéme, les accidens diminuerent, la raison me revint, & le prémier signe que j'en donnai, c'est qu'en voyant Madame de Miran, qui étoit au chevet de mon lit, je m'écriai : Ah ! ma mere!

Et comme alors elle avançoit sa main, dans l'intention de me faire une caresse, je tirai le bras hors du lit pour la lui saisir, & la portai à ma bouche, que je tins long-tems collée dessus.

Mademoiselle Varthon, & quelques Religieuses étoient autour de mon lit ;

la prémiere paroiſſoit extrêmement triſte.

J'ai donc été bien mal, leur dis-je, d'une voix foible & preſque éteinte; & je vous ai ſans doute cauſé bien de la peine. Oui, ma fille, me répondit Madame de Miran; il n'y a perſonne ici, qui ne vous ait donné des témoignages de ſon bon cœur; mais, grace au Ciel, vous voilà réchapée.

Mademoiſelle Varthon s'approcha, me ſerra avec amitié le bras que j'avois hors du lit, & me dit quelque choſe de tendre, à quoi je ne répondis que par un ſouris, & par un regard qui lui marquoit ma reconnoiſſance. Deux jours après, je fus entierement hors de danger, & je n'avois plus de fiévre: il me reſtoit ſeulement une grande foibleſſe, qui dura long-tems. Madame de Miran n'avoit eu la permiſſion de me voir, qu'en conſéquence de l'extrême péril où je m'étois trouvée; & elle s'abſtint d'entrer, dès qu'il fut paſſé: mais, j'omets une choſe.

C'eſt que, le lendemain du jour où je reconnus ma mere, je fis réflexion que je pouvois redevenir tout auſſi mala-

malade que je l'avois été, & que je n'en rechaperois peut-être pas.

Je songeai ensuite à ce Contrat de rente que m'avoit laissé M. de Climal. A qui apartiendroit-il, si je mourois ? me disois-je. Il seroit sans doute perdu pour la famille : & la justice, aussi-bien que la reconnoissance, veulent que je le lui rende.

Pendant que cette pensée m'occupoit, il n'y avoit qu'une Sœur Converse dans ma chambre. Mademoiselle Varthon, qui ne me quittoit presque pas, n'étoit point encore venuë, & peut-être pas levée. Les Religieuses étoient au Chœur, & je me voyois libre.

Ma Sœur, dis-je à cette Converse, on a desespéré de ma vie ces jours passez : ma fiévre est de beaucoup diminuée ; mais, il n'est point sûr qu'elle ne me reprenne pas avec la même violence. A tout hazard, faites-moi le plaisir de me soulever un peu, & de m'apporter de quoi écrire deux lignes, qu'il est absolument nécessaire que j'écrive.

Ah ! Jesus Maria ! A quoi est-ce que vous allez rêver, Mademoisel-le ? me dit cette Converse. Vous me faites peur : il semble que vous veuillez faire votre Teſtament. Sçavez-vous bien, que vous offenſez Dieu, d'aller vous mettre ces choſes-là dans l'eſprit, au lieu de le remercier de la grace qu'il vous fait d'être mieux que vous n'étiez? Eh! ma chere Sœur, ne me refuſez pas, lui repartis-je: il ne s'agit que de deux lignes; il ne faut qu'un inſtant.

Eh! mon Dieu! reprit-elle en ſe levant, je m'en fais une conſcience. Me voilà toute tremblante avec vos deux lignes. Tenez: êtes-vous bien? ajouta-t-elle, en me mettant ſur mon ſéant. Oui, lui dis-je: approchez moi l'écritoire.

La mienne étoit garnie de tout ce qu'il falloit, & je me hâtai de finir avant que perſonne arrivât.

Je donne à Madame de Miran, à qui je dois tout, le contrat, que défunt Monſieur de Climal ſon frere a eu la charité de me laiſſer. Je donne auſſi à la même Dame tout ce que j'ai en ma poſſeſſion, pour en diſpoſer à ſa volonté. Je ſignai enſuite, *Marianne*; & je gardai le billet que je mis ſous mon chevet, dans le deſſein de le remettre à ma mere quand elle ſeroit venuë. Elle ne tarda pas: à peine

peine y avoit-il un quart d'heure, que mon petit Codicile étoit écrit, qu'elle arriva.

Eh bien, ma fille, comment ès-tu ce matin? me dit-elle, en me tâtant le pouls? encore mieux que hier, ce me ſemble; & je te crois guérie; il ne te ſaut plus que des forces.

Je pris alors mon petit papier, & le lui gliſſai dans la main. Que me donnes-tu-là, s'écria t-elle? Voyons. Elle l'ouvrit, le lut, & ſe mit à rire. Que tu ès folle, ma pauvre enfant! me dit-elle. Tu fais des donations, & tu te portes mieux que moi: elle avoit quelque raiſon de dire cela; car, elle étoit fort changée. Va, ma fille, tu as tout l'air de ne faire ton Teſtament de long-tems; & je n'y ſerai plus, quand tu le feras, ajouta-t-elle en déchirant le papier qu'elle jetta dans ma cheminée: garde ton bien pour mes petits-fils; tu n'auras point d'autres héritiers, je l'eſpere.

Eh! Pourquoi dites-vous que vous n'y ſerez plus, ma mere? Il vaudroit donc mieux que je mouruſſe aujourd'hui, lui répondis-je, la larme à l'œil.

Paix! me repartit-elle. N'eſt-il pas

 na-

naturel, que je finiſſe avant vous? Qu'eſt-ce que cela ſignifie ? C'eſt l'Extravagance de votre papier, qui eſt cauſe de ce que je vous dis-là. Songeons à vivre; & hâte-toi de guérir, de peur que Valville ne ſoit malade: je t'avertis, qu'il ne s'accommode point de ne te plus voir. Notez, que je lui en avois toûjours demandé des nouvelles.

Elle en étoit-là, quand Mademoiſelle Varthon, & le Médecin, entrerent. Celui-ci me trouva fort tranquille, & hors d'affaire, à ma foibleſſe près. De façon, que ma mere ne vint plus, & ſe contenta les jours ſuivans d'envoyer ſçavoir comment je me portois, ou de paſſer au Couvent pour l'apprendre elle-même: &, le lendemain, ce fut Valville qui vint de ſa part.

Je n'ai pas ſongé à vous dire, que Madame de Miran, durant ſes viſites, avoit toûjours extrêmement careſſé Mademoiſelle Varthon, & qu'il étoit arrêté, que nous irions, cette belle Etrangere & moi, dîner chez elle, auſſi-tôt que je pourrois ſortir.

Or, ce fut à cette Demoiſelle, que Valville demanda à parler, tant pour s'informer de mon état, & pour lui faire à elle-méme des complimens de la part de sa mere, que pour s'acquitter d'un devoir de politesse envers cette jeune personne, à qui la bienséance vouloit qu'il s'intéressât depuis le service qu'il lui avoit rendu. Mademoiselle Varthon étoit dans ma chambre, lorsqu'on vint l'avertir qu'on souhaitoit lui parler de la part de Madame de Miran, sans lui dire qui c'étoit.

C'est apparemment vous que cela regarde, me dit-elle, en me quittant pour aller au parloir; & je ne doutai pas en effet, que je ne fusse l'objet, ou de la visite, ou du message.

Il est pourtant vrai, que Valville n'avoit point d'autre commission que celle de s'informer de ma santé, & que ce fut lui qui imagina de demander Mademoiselle Varthon, à qui ma mere lui avoit simplement dit de faire faire ses complimens; & voilà tout.

Il se passa bien une demi-heure avant que Mademoiselle Varthon revînt. Vous remarquerez, qu'il n'avoit plus été question avec elle de la suite de mes Avantures, depuis le jour où je lui en avois conté une partie, & qu'elle ignoroit totalement que j'aimois Valville, & que je devois l'épouser. Elle avoit été indiſpoſée dès le jour de ſon entrée au Couvent : deux jours après j'étois tombée malade ; & il n'y avoit pas eu moyen d'en revenir à la continuation de mon Hiſtoire.

Comment donc ! me dit-elle, en rentrant d'un air content. Vous ne m'avez pas dit, que ce jeune homme, d'une ſi jolie figure, qui me ſecourut avec vous dans mon évanouïſſement, étoit le fils de Madame de Miran, que j'ai vûë depuis ſi ſouvent ici, & qui vous aime tant. Sçavez-vous bien, que c'eſt lui qui m'attendoit dans le parloir ?

Qui ? M. de Valville ? répondis-je avec un peu de ſurpriſe. Eh ! que vous vouloit-il ? Vous avez été bien longtems enſemble. Un quart-d'heure à peu près, reprit-elle. Il venoit, comme on me l'a dit, de la part de ſa mere, ſçavoir comment vous vous portez : elle l'avoit auſſi chargé de quelques complimens pour moi ; & il a cru de ſon côté me devoir une petite viſite de politeſſe.

Il avoit raiſon, lui répondis-je d'un air aſſez rêveur. Ne vous a-t-il point donné de Lettre pour moi ? Madame de Miran ne m'a-t-elle point écrit ?

Non,

Non, me dit-elle, il n'y a rien.

Là-dessus, quelques Pensionnaires de mes amies entrerent, qui nous firent changer de conversation.

Je ne laissai pas que d'être étonnée, que Madame de Miran ne m'eût point écrit; non pas que son silence m'inquiétât, ni que j'attendisse une lettre d'elle; car, il n'étoit pas nécessaire qu'elle m'écrivît. Je l'avois vûë la veille: on lui apprenoit que je me portois toûjours de mieux en mieux; & il suffisoit bien qu'elle envoyât sçavoir si cela continuoit: il n'en falloit pas davantage.

Mais, ce qui m'étonnoit, c'est que Valville, de qui, dans des circonstances peut-être moins intéressantes, j'avois reçû de si fréquentes lettres, qu'il joignoit à celles que m'écrivoit sa mere, ou qui m'avoit si souvent écrit un mot dans celles de cette Dame, ne se fût point avisé en cette occurrence-ci de me donner de pareilles marques d'attention.

Dans le fort de ma maladie, me disois-je, j'avoüe que ses lettres n'auroient pas été de saison: mais, j'ai pensé mourir, me voici convalescente, il lui est permis de m'écrire, & il ne m'écrit point, il ne me donne aucun témoignage de sa joye !

Peut-être, dans l'état languissant où je suis encore, a-t-il cru qu'il falloit s'abstenir de m'envoyer un billet à part: mais, il auroit pû, ce me semble, prier sa mere de m'en écrire un, afin d'y joindre quelques lignes de sa main; & il ne songe à rien.

Cette négligence me fâchoit; je ne l'y reconnoissois pas. Qu'est devenu Valville ? Ce n'est plus-là son cœur. Cela me chagrinoit sérieusement; je n'en revenois point.

J'ai refusé jusqu'à ce jour, me dit Mademoiselle Varthon, pendant que nos compagnes s'entretenoient, d'aller dîner chez une Dame qui est l'intime amie de ma mere, & à laquelle elle m'a recommandée. Vous étiez encore trop malade; & je n'ai pas voulu vous quitter. Mais, ce matin, avant que d'entrer chez vous, je lui ai enfin mandé par un Laquais qu'elle m'a envoyé, que j'irois demain chez elle. Je m'en dedirai pourtant, si vous le souhaitez, ajouta-t-elle. Voyez, resterai-je ? Je vous avertis, que j'aimerai bien mieux être avec vous.

Non,

Non, lui répondis-je, en lui prenant affectueusement la main; je vous prie d'y aller; il faut répondre à l'envie qu'elle a de vous voir. Ayez seulement la bonté d'en revenir une demi-heure plutôt que vous ne le feriez sans moi; & je serai contente.

Mais, je ne le serois pas, moi, me repartit-elle; & vous trouverez bon, que j'abrege un peu davantage: je ne prétens point m'y ennuyer si long-tems que vous le dites.

Passons donc au lendemain. Mademoiselle Varthon se rendit chez cette amie de sa mere, dont le Carosse la vint chercher de si bonne heure, qu'elle en murmura, qu'elle en fut de mauvaise humeur; & le tout encore à cause de moi, avec qui elle étoit alors. Cependant, elle en revint beaucoup plus tard que je ne l'attendois. Je n'ai pas été la maîtresse de quitter, me dit-elle; on m'a retenuë malgré moi: & il n'y avoit rien de plus croyable.

Quelques jours après, elle y retourna encore, & puis y retourna. Il le falloit, à moins que de rompre avec la Dame, à ce qu'elle disoit; & je n'en doutois point. Mais, elle me paroissoit en revenir avec un fonds de dis-

distraction & de rêverie, qui ne lui étoit point ordinaire. Je lui en dis un mot: elle me répondit, que je me trompois; & je n'y songeai plus.

Je commençois à me lever alors, quoiqu'encore assez foible. Ma mere envoyoit tous les jours au Couvent, pour sçavoir comment je me portois: elle m'écrivit même une ou deux fois; & de lettres de Valville, pas une.

Mon fils est bien impatient de te revoir: mon fils te querelle d'être si longtems convalescente: mon fils devoit mettre quelques lignes dans le billet que je t'écris: je l'attendois pour cela; mais, il se fait tard: il n'est pas revenu, & ce sera pour une autre fois.

Voilà toutes les nouvelles que je recevois de lui. J'en fus si choquée, si aigrie, que, dans mes réponses à ma mere, je ne fis plus aucune mention de lui. Dans ma derniere je lui marquai, que je me sentois assez de force pour me rendre au parloir, si elle vouloit avoir la bonté d'y venir le lendemain.

Je ne suis malade que du seul ennui de ne point voir ma chere mere, ajoutai-je: qu'elle acheve donc de me guérir; je l'en supplie. Je ne doutai point

qu'elle

qu'elle ne vînt ; & elle n'y manqua pas : mais, nous ne prévoyïons ni l'une ni l'autre la douleur & le trouble où elle me trouva le lendemain.

La veille de ce jour, je me promenois dans ma chambre avec Mademoiselle Varthon ; nous étions seules.

Vous crutes vous appercevoir, il y a quelques jours, que j'étois un peu rêveuse, me dit-elle ; & moi je m'apperçois aujourd'hui, que vous l'êtes beaucoup. Vous avez quelque chose dans l'esprit qui vous chagrine ; & je suis bien trompée, si hier matin vous ne veniez pas de pleurer lorsque j'entrai chez vous. Je ne vous demande point de quoi il s'agit, ma chere compagne ; dans la situation où je suis, je ne puis vous être bonne à rien : mais, votre tristesse m'inquiéte ; j'en crains les suites : songez, que vous sortez de maladie, & que ce n'est pas le moyen de revenir en parfaite santé, que de vous livrer à des pensées fâcheuses. Notre amitié veut que je vous le dise ; & je n'irai pas plus loin.

Hélas ! je vous assure que vous me prévenez, lui répondis-je. Je n'avois point dessein de vous cacher ce qui me fait de la peine ; mon cœur n'a rien de de ſecret pour vous, mais, il n'y a pas long-tems que ſuis bien ſûre d'avoir ſujet d'etre triſte; & la journée ne ſe ſeroit pas paſſée, ſans que je vous euſſe tout confié: je n'aurois eu garde de me refuſer cette conſolation-là.

Oui, Mademoiſelle, repris-je, après m'être interrompuë par un ſoupir, oui, j'ai du chagrin. Je vous ai déja raconté la plus grande partie de mon Hiſtoire: ma maladie m'a empêché de vous dire le reſte; & le voici en deux mots.

Madame de Miran eſt cette Dame, que, s'il vous en ſouvient, je vous ai dit que j'avois rencontrée. Vous avez été témoin de ſes façons avec moi: on la prendroit pour ma mere; &, depuis le prémier inſtant où je l'ai vûë, elle en a toûjours agi de même.

Ce n'eſt pas-là tout. Ce Monſieur de Valville, qui vous vint voir l'autre jour. Eh-bien! ce Monſieur de Valville, me dit-elle ſans me donner le tems d'achever, eſt-ce qu'il vous eſt contraire; & ſçauroit-il mauvais gré à ſa mere de l'amitié qu'elle a pour vous?

Non, lui dis-je; ce n'eſt point cela: écoutez-moi. Monſieur de Valville eſt le jeune homme, dont je vous ai parlé aussi, chez qui on me porta après ma chûte, & qui prit dès-lors pour moi la passion la plus tendre ; une passion dont je n'ai pû douter : bien plus, Madame de Miran sçait qu'il m'aime, & que je l'aime aussi, sçait qu'il veut m'épouser; &, malgré mes malheurs, consent elle-même à notre mariage, qui doit se faire au premier jour, qui a été retardé par hazard, & qui peut-être ne se fera plus : j'ai du moins lieu d'en desespérer par la conduite que Valville tient actuellement avec moi.

Mademoiselle Varthon ne m'interrompoit plus, écoutoit d'un air morne, baissoit la tête, & même ne me regardoit pas : je ne la voyois que de côté; & cette contenance qu'elle avoit, je l'attribuois à la simple surprise que lui causoit mon récit.

Vous sçavez de quel danger je sors, continuai-je. Je viens d'échaper à la mort. Avant ma maladie, jamais sa mere ne m'écrivoit le moindre billet, qu'il n'en joignît un au sien, ou qu'il ne m'écrivît quelque chose dans sa lettre. Et ce même homme, qui m'a accoûtumée à le voir si tendre, & si attentif; lui, qui a pensé me perdre, qui a dû être si allarmé de l'état où j'étois, j'étois; lui, qu'à peine j'aurois cru assez fort pour supporter ses frayeurs sur mon compte, qui a dû être si transporté de joye de me voir hors de péril: croiriez-vous, Mademoiselle, que je suis encore à recevoir de ses nouvelles, qu'il ne m'a pas écrit le moindre petit mot; lui, qui m'aimoit tant, pas un billet! Cela est-il naturel? Que veut-il que j'en pense, & que penseriez-vous à ma place?

Je m'arrêtai là-dessus un moment: Mademoiselle Varthon aussi; mais, elle me laissoit toûjours un peu derriere elle, restoit muette, & ne retournoit pas la tête.

Pas une lettre! répétois-je; lui, qui m'en a tant prodigué dans des occasions moins pressantes: encore une fois, le croiriez-vous? Est-ce que sa tendresse diminuë, est-il inconstant, est-ce que je perds son cœur, au lieu de la vie que j'aimerois mieux avoir perduë? Mon Dieu! que je suis agitée! Mais, dites-moi, Mademoiselle, il me vient une chose dans l'esprit: ne seroit-il pas malade? Madame de Miran, qui sçait que je l'aime, ne me le cacheroit-elle point? Elle m'aime beaucoup aussi: elle peut avoir peur de m'affliger; n'aun'auriez-vous pas la même bonté qu'elle ? Cette viſite, que vous dites avoir reçuë de Monſieur de Valville, ne vous auroit-on pas engagée à la feindre, pour m'empêcher de ſoupçonner la vérité ? Car, il me paroît impoſſible, qu'il ſoit ſi négligent ; & je vous aſſûre, que je ſerai moins affligée de le ſçavoir malade. Il eſt jeune : il en reviendra, Mademoiſelle ; au lieu, que s'il étoit inconſtant, il n'y auroit plus de remede. Ainſi, ce dernier motif d'inquiétude eſt pour moi bien plus cruel que l'autre. Avoüez-moi donc ſa maladie, je vous en conjure ; vous me tranquilliſerez : avoüez-la de grace ; je ſerai diſcrete. Elle ſe taiſoit.

Alors, impatientée de ſon ſilence, je l'arrêtai par le bras, & me mis vis-à-vis d'elle, pour l'obliger à me parler.

Mais, jugez de mon étonnement, quand, pour toute réponſe, je n'entendis que des ſoupirs, & que je ne vis qu'un viſage baigné de pleurs.

Ah ! Seigneur ! m'écriai-je, en pâliſſant moi-même : vous pleurez, Mademoiſelle ? Qu'eſt-ce que cela ſignifie ? Et je lui demandois ce que mon cœur devinoit déja. Oui, j'en eus tout d'un coup un pressentiment: j'ouvris les yeux; tout ce qui s'étoit passé pendant son évanouïssement me revint dans l'esprit, & m'éclaira.

Nous étions alors près d'un fauteuil, dans lequel elle se jetta: je me mis auprès d'elle, & je pleurois aussi.

Achevez, lui dis-je, ne me déguisez rien: ce ne seroit pas la peine; je crois vous entendre. Où avez-vous vû M. de Valville? L'indigne! Est-il possible qu'il ne m'aime plus?

Hélas! ma chere Marianne, me répondit-elle, que n'ai-je sçû plutôt tout ce que vous venez de me dire!

Eh-bien? insistai-je: après; parlez franchement. Est-ce que vous m'avez ravi son cœur? Dites donc qu'il m'en coûte le mien, répondit-elle.

Quoi! m'écriai-je encore, il vous aime donc, & vous l'aimez! Que je suis malheureuse!

Nous sommes toutes deux à plaindre, me dit-elle. Il ne m'a point parlé de vous: je l'aime; & je ne le verrai de ma vie.

Il ne m'en aimera pas davantage, lui répondis-je, en versant à mon tour un torrent de larmes: il ne m'en aimera

mera pas davantage. Ah! mon Dieu! Où en ſuis-je, & que ferai-je? Hélas, ma mere, je ne ſerai donc point votre fille! C'eſt donc en vain que vous avez été ſi généreuſe! Quoi! vous, M. de Valville, vous, infidelle pour Marianne après tant d'Amour! Vous l'abandonnez! Et c'eſt vous, Mademoiſelle, qui me l'ôtez; vous, qui avez eu la cruauté de m'aider à guérir. Hé! que ne me laiſſiez-vous mourir? Comment voulez-vous que je vive? Je vous ai donné mon cœur à tous deux; & tous deux vous me donnez la mort. Ah! Je ne ſurvivrai pas à ce tourment-là. Je l'eſpere: Dieu m'en fera la grace; & je ſens que je me meurs.

Ne me reprochez rien, me dit-elle, d'un ton plein de douleur. Je ne ſuis pas capable d'une perfidie: je vous conterai tout; il m'a trompée.

Il vous a trompée! répartis-je. Eh! pourquoi l'écoutiez-vous, Mademoiſelle? Pourquoi l'aimer? Pourquoi ſouffrir qu'il vous aimât? Votre mere venoit de partir, vous étiez dans l'affliction, & vous avez le courage d'aimer! D'ailleurs, il n'étoit point mon frere; vous le ſçaviez; vous nous aviez trouvez enfemble. Il eſt aimable, & je ſuis jeune. Etoit-il ſi difficile de ſoupçonner, que nous nous aimions peut-être : & quelle excuſe avez-vous ? Mais, encore une fois, où l'avez-vous vû ? Vous vous connoiſſiez donc ? Comment avez-vous fait pour m'arracher ſa tendreſſe ? On n'en a jamais eu tant qu'il en avoit ; & jamais il n'en trouvera tant que j'en avois moi-même. Il me regrettera; mais, je n'y ſerai plus. Il ſe reſſouviendra combien je l'aimois : il pleurera ma mort. Vous aurez la douleur de le voir : vous vous reprocherez de m'avoir trahie ; & jamais vous ne ſerez heureuſe.

Moi ! vous avoir trahie ! me répondit-elle. Eh ! ma chere Marianne, vous avouërois-je que je l'aime, ſi je n'avois pas moi-même été ſurpriſe : & ne vais-je pas être la victime de tout ceci ? Tachez de vous calmer un moment pour m'entendre. Vous avez le cœur trop bon, pour être injuſte; & vous l'êtes : vous allez en juger par ma ſincérité.

Je n'avois jamais vû Valville avant la foibleſſe dans laquelle je tombai au départ de ma mere : vous ſçavez qu'il me ſecourut avec empreſſement.

Dès que je fus revenuë à moi, le pré-

prémier objet qui me frapa, ce fut lui, qui étoit à mes genoux. Il me tenoit la main : je ne ſçais ſi vous remarquâtes les regards qu'il jettoit ſur moi. Toute foible que j'étois, j'y pris garde. Il eſt aimable ; vous en convenez : je le trouvai de même. Il ne ceſſa preſque point d'avoir les yeux ſur moi, juſqu'au moment où je m'enfermai ; &, par malheur, rien de tout cela ne m'échapa.

J'ignorois qui il étoit : ce que vous me contâtes de votre Hiſtoire ne me l'apprit point. Il eſt vrai, que je penſois quelquefois à lui, mais comme à quelqu'un que je ne croyois pas revoir. On vint quelques jours après m'avertir qu'une perſonne, qu'on ne nommoit pas, ſouhaitoit de me parler de la part de Madame de Miran. J'étois avec vous alors : je deſcendis ; & c'étoit lui qui m'attendoit.

Je rougis en le voyant : il me parut embaraſſé ; & ſon embaras me rendit honteuſe. Il me demanda en ſouriant, ſi je le reconnoiſſois, ſi je n'avois pas oublié que je l'avois vû ? Il me dit, que mon évanouïſſement l'avoit fait trembler ; que de ſa vie il n'avoit été ſi attendri, que de l'état où il m'avoit vûë ; qu'il l'avoit toûjours présent ; que son cœur en avoit été frapé : &, tout de suite, il me conjura de lui pardonner la naïveté avec laquelle il s'expliquoit là-dessus.

Pendant qu'elle me parloit ainsi, elle ne s'appercevoit point que son récit me tuoit. Elle n'entendoit, ni mes soupirs, ni mes sanglots : elle pleuroit trop elle-même, pour y faire attention ; &, tout cruel qu'étoit ce récit, mon cœur s'y attachoit pourtant, & ne pouvoit renoncer au déchirement qu'il me causoit.

Et moi, continua-t-elle, je fus si émûë de tous ses discours, que je n'eus pas la force de les arrêter. Il ne me dit pourtant point qu'il m'aimoit : mais, je sentois bien que ce n'étoit que cela qu'il me vouloit dire ; & il me le disoit d'une façon dont il n'auroit pas été raisonnable de me fâcher.

J'ai tenu cette belle main que je vois, dans les miennes, ajoûta-t-il encore ; je l'ai tenuë. Vous me vîtes à vos genoux, quand vous commençâtes à ouvrir les yeux : j'eus bien de la peine à m'en ôter ; & je m'y jette encore toutes les fois que j'y pense.

Ah ! Seigneur ! il s'y jette ! m'écriaicriai-je ici: il s'y jettoit pendant que je me mourois! Hélas! je ſuis donc bien effacée de ſon cœur ; il ne m'a jamais rien dit de ſi tendre.

Je ne me rappelle plus ce que je lui répondis, pourſuivit-elle: tout ce que je ſçais, c'eſt que je finis par lui dire, que je me retirois; qu'un pareil entretien n'avoit que trop duré: & il s'excuſa avec un air de ſoumiſſion & de reſpect, qui m'appaiſa.

Je m'étois déja levée, il me parla de ma mere, & puis de l'envie que la ſienne avoit de me voir chez elle: il me parla encore de Madame la Marquiſe de Kilnare, qu'il ne doutoit point que je ne connuſſe, & dont il me dit qu'il étoit fort connu auſſi: & cette Dame eſt celle, chez qui j'ai été trois ou quatre fois depuis votre convaleſcence. Il ajoûta, qu'il voyoit aſſez ſouvent un de ſes Parens, & qu'ils devoient, je penſe, ſouper ce même ſoir enſemble. Enfin, lorſque j'allois le quitter, J'oubliois, me dit-il, une Lettre, que ma mere m'a chargé de vous remettre de ſa part, Mademoiſelle. Il rougit en me la préſentant: je la pris, croyant de bonne-foi qu'elle étoit de Madame de Miran;

ran ; &, point du tout. Dès qu'il fut ſorti, je vis qu'elle étoit de lui : je l'ouvris en revenant chez vous, dans l'intention de vous la porter. Je n'en fis pourtant rien ; & vous y verrez la raiſon qui m'en empêcha.

Elle tira alors cette lettre de ſa poche, me la donna toute ouverte, & me dit, liſez. Je la pris d'une main tremblante, & je n'oſois en regarder le caractère. A la fin pourtant, je jettai les yeux deſſus ; &, la mouillant de mes larmes, il écrit, mais ce n'eſt plus à moi, dis-je, mais ce n'eſt plus à moi !

Je fus ſi pénétrée de cette réflexion, j'en eus le cœur ſi ſerré, que je fus long-tems comme étouffée par mes ſoupirs, & ſans pouvoir commencer la lecture de cette Lettre, qui étoit courte, & dont voici les termes :

„ Depuis le jour de votre accident, „ Mademoiſelle, je ne ſuis plus à moi. „ En venant ici aujourd'hui, j'ai pré- „ vû que mon reſpect m'empêcheroit „ de vous le dire ; mais, j'ai prévû „ auſſi que mon trouble & mes régards „ timides vous le diroient : vous m'a- „ vez vû en effet trembler devant vous,

&

„ & vous avez voulu vous retirer ſur
„ le champ. Je crains que cette Let-
„ tre-ci ne vous irrite auſſi : cepen-
„ dant, mon cœur n'y ſera pas plus
„ hardi qu'il l'a été tantôt : il y trem-
„ ble encore ; & voici ſimplement de
„ quoi il eſt queſtion. Vous aurez
„ ſans doute accordé votre amitié à
„ Mademoiſelle Marianne : & il y a
„ quelque apparence, qu'au ſortir du
„ parloir, vous irez lui confier votre
„ étonnement, hélas ! peut-être votre
„ indignation ſur mon compte ; &
„ vous me nuirez auprès de ma mere,
„ que j'inſtruirois moi-même dans un
„ autre tems, mais qu'il ne feroit pas
„ à propos qu'on inſtruisît aujourd'hui,
„ & à qui pourtant Mademoiſelle Ma-
„ rianne conteroit tout. J'ai cru de-
„ voir vous en avertir. Mon ſecret
„ m'eſt échapé. Je vous adore : je
„ n'ai pas oſé vous le dire ; mais,
„ vous le ſçavez. Il ne ſeroit pas
„ tems qu'on le ſçût ; & vous êtes
„ généreuſe. „

Remettons la ſuite de cet évenement à la huitieme Partie, Madame. Je vous en ôterois l'intérêt, ſi j'allois plus loin ſans achever. Mais, l'Hiſtoire de cette Religieuſe, que vous m'avez tant de fois promiſe, quand viendra-t-elle, me dites-vous? Oh! pour cette fois-ci, voilà ſa place; je ne pourrai plus m'y tromper: c'eſt ici, que Marianne va lui confier ſon affliction; & c'eſt ici, qu'à ſon tour elle eſſayera de lui donner quelques motifs de conſolation, en lui racontant ſes Avantures.

Fin de la ſeptieme Partie.

CATALOGUE
DE LIVRES

Imprimez chez JEAN NEAULME, ou dont il a nombre d'Exemplaires.

ARchitecture de Palladio. 4 *tom.* 2 *vol. fol. Haye* 1728.

Architecture de Vignole, par A. C. Daviler 4. 2. *vol. Haye* 1732.

Burnet, Histoire des Révolutions d'Angleterre. 4. *Tomes*, 2 *vol.* 4. *fig. Haye* 1735.

——— *Idem. Tom.* 4. 5. *&* 6. 12. *Haye* 1735.

Bibliotheque de Campagne, ou Amusemens de l'Esprit & du Cœur, Tome Prémier, CONTENANT, Gustave Vasa, Histoire de Suede; la Boucle de Cheveux enlevée, Poëme traduit du fameux Mr. Pope; Ines de Cordouë, Nouvelle Espagnole; l'Histoire de la Rupture d'Albenamar & de Fatime; le Comte d'Amboise, Nouvelle Galante; & l'Eloge du Vin de Bourgogne, & du Vin de Champagne, Odes: 12. *Haye* 1735.

——— Idem Tome Second, CONTENANT Catherine de France, Reine d'Angleterre; le Voyage de Campagne; le Comte de Gabalis, ou Entretiens sur les Sciences Secretes; l'Apprentie Coquette, Avanture, par Mr. de Marivaux; la Duchesse de Milan; la Rose, Ode Nouvelle; la Volupté, Epitre à Mr. D***; le Triomphe de la Beauté; les Dangers du Sommeil; l'Amour regretté; & l'Honneur des Songes rétabli. 12 *Haye* 1735.

——— Idem Tome Troisieme, CONTENANT l'Histoire d'Iris, par Poisson; Memoires

res du Comte de Comminge; l'Académie Galante; Histoire de Henri IV. Roi de Castille, surnommé l'Impuissant; la Chartreuse, I. Epitre en Vers; & les Ombres, II. Epitre en Vers. 12. *Haye* 1726.

Bibliotheque de Campagne, Tome Quatrieme, CONTENANT, la Comtesse de Mortane. par Madame ***; Traité de l'Amitié, par Madame la Marquise de Lambert; la Nouvelle Astrée; la Comtesse de Tende, Nouvelle Historique de Madame de la Fayette; les Mémoires du Comte de Grammont; la Malice de l'Amour; l'Origine de la Fossette du Menton; le véritable Amour; & le Mépris des Richesses, Ode. 12. *Haye* 1737.

Bibliotheque de Campagne, Tome Cinquieme, CONTENANT la Suite des Mémoires du Comte de Grammont; le Temple de Gnide, par l'Auteur des Lettres Persannes; le Kalife & Zoroïne, Conte Oriental; la Princesse de Cleves; & les Madrigaux, Stances, Contes, Chansons, & Epigramme, de Monsieur de la Sabliere. 12. *Haye* 1737.

Causes célébres & intéressantes, avec les Jugemens qui les ont décidées; par Pitaval, 8. *vol.* 8. *Haye* 1735.-1737.

Cange (Caroli du Fresne Domini du) Glossarium ad Scriptores mediæ & infimæ Latinitatis. 6. vol. Paris. 1725.

Dictionarium Universale Latino-Gallicum, 8. Hagæ 1731.

Egaremens du Cœur & de l'Esprit, ou Mémoires de Monsieur de Meilcour, par Crebillon fils. 12. *Haye* 1736.

Ephésiaques de Xenophon Ephésien, ou les Amours d'Anthie & d'Abrocomas, 12. *Haye* 1736.

Fa-

Fabri (Basilii) *Thesaurus Eruditionis Scholasticæ, seu Lexicon Latino - Germanico - Gallicum, post Buchneri, Cellarii, Grævii, & Stubelii Operas, ex ultima Jo. Matthiæ Gesneri Locupletatione.* Lipsiæ 1735. 2 vol. in folio.

Histoire Métallique des XVII. Provinces des Païs Bas, depuis l'Abdication de Charles-Quint, jusqu'à la Paix de Bade en M. DCC. XVI. traduite du Hollandois de Gerard van Loon, *fol.* 5. *vol. fig. Haye* 1732-1737.

——— Idem grand papier.

Histoire du Vicomte de Turenne, par le Chevalier de *Ramsay*, enrichie de Cartes & de Plans des Siéges & des Batailles, 4 *vol.* 8. *Haye* 1735.

Histoire de la Sultane de Perse, Contes Turcs. 12. 1736.

Journée des trois Parques, par le Sage, 8. *Paris.* 1735.

Liturgie, ou Formulaire des Prieres Publiques, à l'Usage de l'Eglise Anglicane, 12. *Londres* 1729.

Mentor (le) Cavalier, ou les illustres Infortunez de notre Siecle, par Mr. le Marquis d'Argens. 12. *Haye* 1736.

Methode (*Nouvelle*) pour apprendre les Langues Françoise & Angloise, par Rogissard. 8. *Haye* 1734.

Memoires de Monsieur le Marquis de Fieux, par le Chevalier D. M. 2 *vol.* 12. *Haye* 1736.

——— Idem Tome 2. à part.

Mémoires d'Omer Talon, Avocat Général en la Cour du Parlement de Paris, contenant toutes les Affaires qui se sont passées du tems du Cardinal de Retz, 8. *vol.* 12. *Haye* 1732.

Marmora Oxoniensia, sive Marmorum Arundellianorum, Seldenianorum, aliorumque; cum Diversorum

verſorum maximè H. Prideaux Commentariis, Editio nova à Maittairio data. Londini 1732. in folio, cum Figuris.

Nouvelles Lettres Perſanes, contenant une fine Critique du Gouvernement d'Angleterre. Traduites de l'Anglois. *Londres*, 1735. 12. 2. *vol.*

Négociations Secretes touchant la Paix de Munſter & d'Oſnabrug, *fol.* 4. *vol. Haye* 1725.

Négociations, idem, grand papier.

Nouveau Teſtament, gros Caractere. 8. *Haye* 1735.

Nouvelle Decouverte en Medecine, par Marconais, 12.

Oeuvres de Clement Marot, avec les Notes de l'Abbé Langlet du Freſnoy. 6. *vol.* 12. *Haye* 1731.

——— Idem 4. *vol.* 4.

Origine de la Grandeur de la Cour de Rome, & de la Nomination aux Evêchez & Abbaïes de France, par M. l'Abbé DE VERTOT. *Haye*, 1737. 12.

Paris, ou le Mentor à la mode. 8. *Haye* 1736. 2. *vol.*

Payſanne (la) Parvenuë, ou les Mémoires de Madame la Marquiſe de L. V., par le Chevalier D. M. 7. *Parties* 12. *Haye* 1736.

Philoſophe (le) Anglois, ou Hiſtoire de Cleveland. 5. *vol.* 12. *fig. Haye.* 1735.

Remarques Hiſtoriques & Critiques ſur l'Hiſtoire d'Angleterre de Rapin Thoyras, par Tyndal, & l'Abrégé Hiſtorique des Actes Publics d'Angleterre de Rymer, fait par Rapin-Thoiras, avec des Notes Critiques de Tyndal. 4. 2 *vol. Haye* 1733.

Recueil de Chanſons Choiſies, le premier Couplet noté, & le Recueil de Cantates, à l'Uſage des Amateurs de la Muſique. 12. 7. *vol. Haye* 1735.

Re-

Relation des deux Rebellions arrivées à Constantinople en 1730 & 31. dans la Déposition d'Achmet III. & l'Elevation au Trône de Mahomet V. composée sur des Memoires Originaux reçûs de Constantinople. 8. *Haye* 1737.

Spectacle (le) de la Nature, ou Entretiens sur les Particularitez de l'Histoire Naturelle, qui ont paru les plus propres à rendre les Jeunes-Gens curieux, & a leur former l'Esprit. 6. *Tomes* 3. *vol.* 12. *fig. Haye* 1736.

Saturnales (les) Françoises, par M***. 2. *vol.* 12. *Paris* 1736.

Sultanes de Guzarate, ou les Songes des Hommes éveillez, Contes Mogols, 2. *vol.* 12. 1736.

Titi Livii Patavini Historiarum Libri qui exstant, Interprete Juliano Florido, in Usum Delphini, 4. 6. vol. Parisiis. 1679.

Vie de Marianne, ou les Avantures de Madame la Comtesse de ***. par Mr. de Marivaux. 7. *Parties* 8. *Haye* 1737.

Voyages de Corneille le Brun au Levant, en Moscovie, & en Perse. 5. *vol.* 4. *Haye* 1732.

——— Idem grand papier.

Voyages, faits principalement en Asie, dans les XII. XIII. XIV. & XV. Siécles, par Benjamin de Tudele, Jean du Plan-Carpin, N. Ascelin, Guillaume de Rubrequis, Marc-Paul Venitien, Haiton, Jean de Mandeville, & Ambroise Contarini; accompagnez de l'Histoire des Sarasins & des Tartares, & précédez d'une Introduction concernant les Voyages & les nouvelles Découvertes des principaux Voyageurs, par Pierre Bergeron. 2. *vol. in* 4. *Haye* 1736.

F I N.

Schley fecit 1738.

www.ingramcontent.com/pod-product-compliance
Ingram Content Group UK Ltd.
Pitfield, Milton Keynes, MK11 3LW, UK
UKHW020330180726
13839UKWH00002B/638

9 782329 552705